KB089327

땅에서 빛나는 달

김산옥 에세이

김산옥 에세이

땅에서 빛나는 달

초판 1쇄 인쇄 2022년 11월 5 일
초판 1쇄 발행 2022년 11월 10 일

지은이 | 김산옥

펴 낸 곳 | 도서출판 우인북스
등록번호 | 385-2008-00019
등록일자 | 2008. 7. 13
주 소 | 안양시 동안구 시민대로 272, 1305호
전 화 | 031-384-9552
팩 스 | 031-385-9552
E-mail | bb2jj@hanmail.net

ISBN 979-11-86563-29-8
값 13,000 원

이 책은 경기도, 경기문화재단의 후원을 받아 발간되었습니다.

땅에서 빛나는 달

김산옥 에세이

우인북스

자국 남기다

바람은 눈에 보이지 않아도
반드시 흔적을 남긴다고 합니다.
묵묵히 문학의 길 걸어오는 동안
수필 한 편 한 편이 내 곁을 떠나
어느 문예지 지면에다 자국을 남겼습니다.
그 흔적들을 모아 한 권의 수필집을 냅니다.

책을 내기까지
지나온 길 모든 게 행복이었습니다.
만나는 사람마다 모두 사랑이었습니다.
나에겐 과분한 관계의 결실입니다.

수필집을 내려니 고마운 분들이 먼저 떠오릅니다.
수필 속 주인공이 되어 준 분들,
스승님, 글벗, 가족, 친구들,
예쁘게 수필집을 내 준 〈우인북스〉 백영미 편집자님
고맙습니다.

2022. 가을 소비헌에서 김산옥

차례

I. 놓치고 사는 행복

II. 땅에서 빛나는 달

III. 남는 건 사랑

IV. 봉정암 미역국

V. 지금 바로 이 순간

I. 놓치고 사는 행복

백지수표만큼이나 실컷 누릴 수 있는
여백을 놓치고 찢어지게 마음 가난하게 살았다

그거

요즘은 명사보다 '그거(그것)' 라는 지시대명사가 먼저 튀어나온다. 금방 알았던 명사도 얼른 떠오르지 않는다. '그거' 라는 말이 신조어처럼 대화 속으로 파고든다. 그거 있잖니. 그거 말이다. 그거 어디 갔지. 그거 좀 줘봐…. 딸들은 이런 내 말에 쉴 새 없이 스무고개 놀이를 해야 한다.

'그거' 라는 말이 나오면 딸아이는 뇌를 완전히 가동한다. 눈동자까지 빙글빙글 돌아간다. 내 눈길이 어디로 갔는지 무엇을 생각하는지 전속력으로 그거의 본말을 찾으려고 애쓴다. 다행히 오래 걸리지 않는다. 금방 그거의 이름을 찾아내서 내 속을 시원하게 해 준다.

남편도 나와 다르지 않으련만 "그거 있잖아" 하면 "그거가 뭔데? 말로 해 말로" 답답하다는 듯 언성을 높인다. 그럴 때는 섭섭하다 못해 부아가 치민다.

"제발 유추 좀 해요. 사십 년 같이 살았으면 아 하면 척이고, 어 하면 삼천리지 꼭 말로 해야 아나."

되지도 않는 말을 갖다 붙이며 오히려 내가 큰소리친다. 그러면 더 큰소리로 "글쎄 그게 뭔데?" 조금도 내 속의 말에 귀 기울이려 하지 않는다.

방학을 맞아 초등학생 동하가 "할머니!" 하며 현관을 들어선다.

'할머니' 라는 정겨운 부름 앞에 그저 좋아 죽는다.

'할머니' 는 모든 힘겨움을 이겨내게 하는 명사다. 내 시간을 동결시켜도, 내 몸이 고단해도 동하가 불러주는 할머니라는 명사 앞에 모든 시름이 소멸한다. 할머니라는 이름은 인류가 멸망하지 않게 하는 위대한 호칭이다. 내가 할머니가 된 것이 그 이유다.

한동안 동하에게 오전 간식으로 시리얼을 주었지만, 오늘은 특별식으로 점심을 많이 먹일 속셈이다. "동하야, 오늘은…" 아차, 시리얼이라는 단어가 얼른 떠오르지 않는다. 에라 모르겠다. "동하야 오늘은 간식 그거 먹지 말고 주스 먹자." 했더니 "네, 할머니" 한다. 옆에서 남편이 "아, 그거가 뭔데? 애가 알아듣게 말해야지."

한다. 그러고 보니 동하가 내 말을 알아듣고 대답한 건지 궁금하다. "동하야, 그거가 뭔지 알아?" 물었더니 "네, 시리얼이잖아요." 한다. 어라, 요 녀석은 일 초의 망설임도 없이 답을 내놓는다. 유추 속도가 훨씬 빠르다.

옆에서 지청구를 준 남편을 향해, 그것 보라고, 이제 10년밖에 함께 살지 않았는데도 척하면 삼천린데 평생을 함께 살아온 당신은 내 말귀를 그리도 못 알아듣고 말끝마다 토를 다느냐고, 말 화살이 빛의 속도로 날아간다.

우리나라 말에 '거시기' 라는 단어가 있다. 거시기는 '이름이 바로 생각나지 않거나 직접 말하기 곤란한 사물을 대신 가리키는 말' 이라고 사전에 나와 있다. 그러고 보면 거시기라는 말은 뇌를 건강하게 해주는 단어다. 상대방에게 "거시기 있잖여" 하면 이미 듣는 쪽에서는 그 거시기의 원 뜻을 알기 위해 머리를 있는 대로 굴린다. 머리를 쓰도록 만든 단어다.

그렇다고 성질 급한 내가 '거시기' 할 수 없다. '거시기' 는 왠지 여유가 있고 여백이 깃든 단어 같다. 마음의 여유가 있을 때 쓰는 말이다.

'거시기' 와 '그거' 는 본질적으로 다르다. 명사가 생각나지 않아 다급하게 나오는 말이 '그거' 다. 뇌의 기능이 이제 일하기 싫다는 신호탄이기도 하다.

외출하는 남편이 현관을 나서다 말고 "여보, 그거 좀 갖다 줘." 한다. 순간 남편에게 앙갚음하고 싶지만, 꾹 참는다. 이제야말로 '그거' 에 대한 대답은 이렇게 하는 거라고, 남편이 원하는 그 무엇인가의 명사를 속사포처럼 나열한다. "손수건? 지갑? 장갑? 마스크?" 마스크란 단어가 나오자 픽 웃으며 "어, 마스크 좀 갖다 줘." 한다.

군말은 하지 못했다.

남편은, 늘 그거라는 말을 먼저 하는 내 모습이 답답하기에 앞서 측은했을 것이다. 총명한 말로 기선을 제압하던 아내가 이제는 말보다 지시대명사를 앞세우는데 욱하지 않고 견딜 수 있겠는가. 지청구라도 줘서 정신줄 쥐고 살기를 바라는 의미겠지.

그렇게라도 위안받고 싶다.

부처가 인정한 가장 중요한 진리 중 두 번째 진리는 바로 '제법무아諸法無我' 다. 영원불변하는 객관적 우주는 존재하지 않는다는 뜻이다. 삼세三世, 즉 과거 현재 미래를 유전할 수 있는 영원불변한 나 역시 존재하지 않는다고 한다. 태어나서 자라고 늙고 죽음에 이르는 것을 어찌 비켜 갈 수 있을까.

이제 우리는 ‘그거’ 라는 단어에 비켜설 수 없는 나이다. 눈짓 손짓으로 서로의 속뜻을 알아차려야 한다. 단어를 좀 잊어버리면 어떠리. 살아오면서 얼마나 많은 것을 기억 속에 담아두었을까. 이제는 뇌도 좀 가벼워져야 한다.

마스크를 귀에 걸며 현관문을 휑하니 나서는 남편 뒷모습이 ‘그거’ 하다.

– 2020. 청암문학 봄호

만약에

오늘은 백중기도 날이다.

〈원적정사〉는 시부모님 만년 위패를 모신 절이다. 분당 메모리얼 파크 공원묘지에 모셔진 영가의 극락왕생을 빌어주는 지장전이기도 하다. 8년 전 어머님을 이 공원묘지에 모시면서 인연이 되어, 매년 이곳에서 시부모님 백중기도 사십구재 기도를 올린다.

도량은 공원묘지를 병풍처럼 에워싼 영장산 능선 아래 자리 잡고 있다. 사찰 역사는 깊지 않아도 아늑하고 고즈넉해서, 마음 허한 날 문득 찾아와서 마음을 내려놓는다.

천수경이 끝나고 20분 동안 참선에 든다.

오늘의 화두는 '만약에 내가 죽는다면, 그 후를 생각

해 보라' 이다. 노스님이 치는 죽비소리를 따라 최면에 들듯 깊은 생각에 잠긴다.

긴 장마철, 물기 가득한 산사에 웃비 내린 틈을 타서 매미 소리 요란하다. 내가 죽은 후에도 매미는 변함없이 이 계절에 날개가 부서지도록 몸부림치며 울어댈 것이다. 여전히 비는 내릴 것이고, 꽃은 피고 지고, 새들은 지저귀고, 낙엽 지고, 눈 내리고…. 세상 모든 것은 거듭거듭 변할 테지만, 자연은 이치에 따라 한 치 어긋남 없이 순리대로 이어갈 것이다.

가만히 눈 감고 있으려니 한순간 생각의 온도가 높아진다. 살아오는 동안 참 많은 사람과 인연을 맺었다. 세월이 흐르는 동안 간간이 잊힌 분도 있을 것이다. 두 손 잡아가며 마주 웃던 인연이 한 사람씩 머릿속에 맴돈다.

어느 날 문득 내가 가고 나면, 삼시 세끼 내 밥상 받던 남편도, 귀 따갑게 내 잔소리 듣던 딸도, 한 배에서 태어난 형제들도, 정다운 친구, 함께 글공부하던 문우, 나를 아는 모든 지인도… 잠시는 내 부재에 대해 슬퍼할 것이다. 그러나 그것은 아주 잠깐일 뿐이다. 나는 그들의 기억 속에서 이내 멀어지고, 시간이 지나면 까마득히 잊힐 것이다.

영생불멸永生不滅은 없다. 슬픔도 괴로움도 기쁨도 오

래 머무르지 않는다. 그 모든 것들은 지나가 버리면 그만이다. 애착하던 모든 것들이 무심히 제자리를 지킨다 해도 내 영혼은 거기에 없다. 내가 날마다 소중히 여겼던, 또는 하찮게 여겼던 '오늘'은 끝내 사라질 것이다.

좋은 것 보면 소유하고 싶다. 예쁜 옷을 보면 입고 싶고, 가구며 그릇이며 새로운 세간을 자꾸만 소유하고 싶었다. 나의 소유욕에 소환된 물건이 집안 곳곳에 똬리를 틀고 있다. 나 죽으면 아무런 소용 가치도 없는 것을 왜 그리 집착하며 사들였을까. 그때그때 꼭 필요한 것들이라고 변명할 수는 있지만, 따지고 보면 소용되는 물건은 한정되어 있다. 한두 개면 족할 것을 피사의 사탑처럼 쌓아놓고 쓰러질까 염려한다.

살아오면서 연이어 평화로운 날은 없었다. 근심 걱정이 꼬리에 꼬리를 물고, 즐거움은 잠시 틈을 주다 비명을 지르며 달아나버렸다. 내려놓는 법을 몰라 늘 무겁게 들고 살았다. 살아온 날보다 살아갈 날이 더 적은 길목에서 문득 참선에 들어보니 생각이 깊어진다.

이제부터라도 비움으로 내게 주어지는 오늘을 살고 싶다. 죽더라도 가볍게 길 떠날 수 있게, 애착도 버리고, 소유욕도 버리고, 구석구석 쌓아놓은 일상의 찌꺼기도 모두 비우며 살고 싶다. 법정 스님이 그토록 목소리 돋우며 강조했던 '맑은 가난淸貧'으로 살아야겠다. 평생을 무소유로 살다 간 친정엄마처럼, 어느 날 홀가분한 삶을 마칠 수 있도록.

찹, 찹, 찹…. 잠을 깨우듯 죽비소리가 내 영혼을 흔들어 깨운다.

기도를 마치고 돌아와 세간을 정리한다.

주방 진열장 하나 정리하는데도 불필요한 물건이 손에 손을 잡고 끝없이 이어 나온다. 고이 모셔두고 그 존재마저 기억하지 못한 채 묵혀 둔 세간들이다. 제구실도 못 하고 잠들어 있는 물건에 자리를 내주고, 수납공간 없어 어질러놓고 산다. 살아있을 때도 필요 없던 물건이 내가 죽은 후에 누구에게 소용이 될까 싶어 과감하게 비운다.

애면글면 간직한 것들은 이렇다 하게 쓸모 있는 물건도 아니다. 버리면 아무도 주워가지 않을 것들을 그저 버리기 아까워 쌓아 두었다. 비우고 내려놓으면 마음의 짐도 가벼울 텐데 왜, 이고 지고 살았을까.

아무리 하찮은 물건도 '살아있을 때 주면 선물이 되고, 죽어서 물려주면 유품이 된다'고 한다. 누군가 필요로 하는 물건은 나누어주기도 하면서 일상에 소용이 되는 물건만 남겨야겠다.

'우리에게 주어진 시간은 한정되어 있어서 시간의 잔고에는 남녀노소가 따로 없다' 고 법정 스님은 말한다.

'소욕지족少欲知足 소병소뇌少病少惱'

오늘의 소중함을 알고 적은 것으로 넉넉한 줄 알며, 적게 앓고 적게 걱정하라고 당부한다.

만약에 내가 죽더라도 참 맑은 가난의 미덕을 실천했구나 할 수 있도록 지금부터라도 스스로 억제하며 불필요한 것은 마음에 두지 않아야 겠다.

비우고 나면 금세 그 자리에 둥지를 트는 번뇌 속에서 날마다 마음 다잡아 본다.

- 2021. 수필미학

놓치고 사는 행복

간밤에 창가를 소란스럽게 두드리던 빗소리가 안양천 물길을 넓혀 놓았다. 일부러 명학역까지 걸어가서 출근하는 딸아이를 배웅하고 돌아오는 길, 안양천 산책길로 발길을 돌린다.

요 며칠 늦장마에 천변에는 온통 물기가 가득하다. 긴 가뭄에 말라 가던, 뿌리 얕은 초목들이 제 빛을 찾는다. 누렇게 말라 가는 모습을 보면서 내가 대신해 줄 수 없다는 것에 애를 태웠다. 생기가 도는 모습을 보니 놀랍고 기쁘다. 잘 견뎌 냈다고 마음으로 쓰다듬어 주며 천변을 걷는다.

물기 젖은 풀숲에서는 풀벌레 소리 요란하다. 가을이라고, 가을이라고 소리 높여 노래한다. 그 소리에 귀 기울이다 보니 문득 놓치고 살아온 것들을 더듬게 된다.

산책로를 걸어도 쫓기듯 걸었다. 경주라도 하듯, 더 빨리 걷는 데에만 마음을 쓰고, 쓸데없는 망상에 젖어 새들의 지저귐에 귀 기울이지 못했다. 지금 내 발길을 따라오며 우는 풀벌레가 무슨 이야기를 하는지 들으려 하지 않았다.

수없이 스쳐간 소소한 행복을, 손가락 사이로 흘러내리는 물처럼 그렇게 무심히 흘려버렸다.

'더 높이, 더 빨리, 더 멀리'는 올림픽의 표어이고, '빠르게 더 빠르게 좀더 빠르게'는 근대 과학의 좌우명이라고 한다. 법정 스님은 "무엇을 위해 빠르게 해야 하는가. 우리가 가야 할 곳은 결국 자기 자신이다"라고 한다. 모든 일에는 뜸들 시간이 필요하고, 씨앗을 뿌려 그것을 꽃피우고 열매 맺기까지는 사계절의 순환이 필요하듯이 사람이 하나의 인간으로 성숙하려면 시간이 필요한 것이다.

오늘은 느리게 걷는다. 누가 따라오는 것도 아니고 빨리 가야 할 이유도 없는 아침 산책길, 최대한 게으르게 걷는다. 풀벌레 소리에 가을을 귀로 들으며, 물길을 따라 거슬러 오르는 잉어의 힘찬 퍼덕임에도 눈길을 준다. 촘촘히 박음질하며 물길을 가르는 오리떼에게 마음을 빼앗기는 이 순간은 분명 행복일 것이다.

무엇이라고 꼬집어 말할 수는 없지만 지금, 이런 소소한 마주침이 얼마나 소중한 기쁨인지를 깨닫는 중이다.

무엇이 그리 죄스럽다고 고개를 숙이고 살았을까. 가슴을 활짝 열고 하늘 한번 쳐다보는 여유를 누리지 못하고 땅만 보고 걸었을까. 자연이 무상으로 주는 무한한 선물을 왜 그토록 무심히 놓치며 살았을까.

늦장마 끝난 올가을 하늘은 더없이 맑고 청명하다. 코로나19로 인해 모든 것들이 주춤하는 사이 공해가 사라진 이유일까. 구름 한 점 없는 새파란 도화지에 마음껏 그림을 그려보고 싶다. 이런 눈 호강도 마음먹기에 따라 무한하게 누릴 수 있는 것을, 백지수표만큼이나 실컷 누릴 수 있는 여백을 놓치고 찢어지게 마음 가난하게 살았다.

코로나 백신 후유증으로 인해 근 석 달을 앓았다. 심장이 떨려 잠 못 이루는 밤마다 단잠을 자던 그때가 얼마나 큰 행복이었는지를, 입맛 잃어 죽으로 연명延命하면서 밥맛 좋아 잘 먹던 그때가 진정 행복이었다는 것도 알았다. 살찐다고, 살쪘다고 음식을 놓고 저울질하던 배은망덕함이, 한순간 체중이 4~5kg 빠지고 보니 그 살이 나에게는 큰 힘이었다는 것도 뼈저리게 깨닫는 중이다. 아파보니 알겠다. 건강이 얼마나 큰 행복인지를.

백신 후유증은 의학으로도 증명되지 않는다. 꼬집어 이렇다 할 병명도 없다. 아무리 검사를 해도 병원에서는 아무 이상 없다고 한다. 확실하게 치료할 약도 없단다. 그저 나 혼자 겪는 고통이다. 이것이 무서운 신종 바이러스다.

다행히도 요즘 들어 조금씩 더디게 차도가 있다. 나아지고 있다는 것만으로도 큰 희망이고 기쁨이다.

가난하게 살아도 건강하면 그것이 행복이고, 살이 쪄도 잘 먹을 수 있는 입맛이 있다면 그것보다 큰 행복은 없다. 속상한 일이 있어도 밤새 꿀맛 같은 단잠을 잘 수만 있다면 모든 것 제쳐 두고 그 길을 택하고 싶다.

거리 두기는 만남의 기쁨을 알게 해 주고, 집 나간 입맛은 음식에 대한 예의를 갖추게 해 준다. 가족과 소소한 의견 충돌로 언성이 높아지는 것도 행복의 조건이 된다는 것을 걸음마 배우듯 알아가는 중이다.

좀더 바쁘게 좀더 열심히, 숨가쁘게 살아온 나에게 이제는 좀 쉬어가라고 아픔을 주었나 보다. 이제는 느리게 사는 법을 배워야겠다. 뜸 들이는 법을 알아야겠다. 저 풀벌레 소리가 찬바람과 함께 사라지기 전에, 무성한 초록빛이 계절에 밀려 퇴색하기 전에, 눈과 몸으로 함께 누릴 수 있는 매 순간이 행복이고 기쁨이라는 것을 비망록에 기록해야겠다.

뜸들이지 못하고 건성건성 사는 동안, 발화되지 못한 행복이 서로를 피해 떠나는 이방인처럼 저만치에 서성였을 것이다. 이제야 알 것 같다. 소소한 일상 속에 있는 행복을 순간순간 놓치고 살아왔다는 것을

– 2021. 에세이문학 겨울호

그 자리

오랜 세월 나를 붙잡고 있는 자리가 있었다.

간절하게, 나만의 공간을 갖고 싶었던 때가 있었다. 하지만 대가족으로, 시부모님과 함께 살면서 그러기가 쉽지 않았다. 가족들이 수없이 들락거리는 주방 식탁 귀퉁이가 내가 누릴 수 있는 유일한 공간이었다. 번다한 일상의 한 귀퉁이에서 공부하고, 글 쓰고, 생각했다. 그렇게 그 자리에서 불혹의 나이를 보냈다.

어머님과 각방을 쓰던 아버님이 돌아가시자 그 방이 내 서재가 되었다. 동쪽 창문으로 햇살이 눈부시게 스며드는 아늑하고 따뜻한 공간이다. 그토록 갖고 싶었던 나만의 쉼터가 생긴 것이다. 한동안 어린애처럼 좋아했다. 그러나 그 행복은 오래가지 않았다. 어느 순간부터 여전히 식탁 귀퉁이 그 자리에 내가 앉아 있다. 꼭 그래야만 하는 것처럼, 그 자리에서 수시로 일어났다 앉기를 거듭하며 궁둥이 붙일 새 없이 지냈다.

내가 앉아 있는 식탁 왼쪽에는 어머님 방이 있다. 어머님 숨소리까지 들리는 거리다. 그러나 서재는 사뭇 동떨어져 있다. 그곳에 들어가면 일상의 잡다한 소리가 들리지 않는다. 그것이 이유다. 어느 순간부터, 몸이 불편한 어머님 방과 멀리 떨어진 내 공간이 점점 불편해졌다. 다시 어머님 방과 가까이에 있는 식탁 그 자리에서 하루를 시작하고 하루를 마감했다.

얘야, 부르면 엉덩이 달싹 들고 일어나야만 한다는 '착한 며느리 병' 은 오랜 세월 그렇게 그 자리에 나를 앉혀 두었다. 번화가 사거리 건널목처럼, 수많은 생각이 모였다 흩어지는 식탁 귀퉁이 그 자리에서 그렇게 지천명의 나이를 견뎠다.

어머님이 돌아가시자, 이제는 나만의 공간에서 마음 놓고 글도 쓰고 책을 보며 지내야겠다고 생각했다. 이제야말로 홀가분하게 온전한 내 자리를 찾을 것이라 여겼다. 그러나 여전히 식탁 그 자리에 내가 앉아 있다. 퇴임하고 들어앉은 남편을 외면하고 나만의 공간에서 여백을 누리려니 왠지 미안했기 때문이다.

'착한 아내 병'은 또 그렇게 그 자리에 나를 눌러 앉혔다. 일상의 부대낌이 날마다 내 생각을 흐트려 놓아도 끝내 그 자리를 버리지 못했다. 여전히 분주한 가사에 치이며 수문장처럼 그 자리를 고수한다. 그렇게 이순의 나이를 보내고 있다.

그러는 동안 서재는 헛간이 되어 갔다. 온갖 잡동사니가 그 방으로 파고들어 재래 장터처럼 터를 잡았다. 어쩌다 들여다보면 을씨년스럽기 그지없다.

그토록 원하던 내 서재가 있는데도 여전히 그곳을 내 자리로 만들지 못했다.

봄비가 내리는 오늘, 문득 그것이 지나친 배려였다는 것을 깨달았다. 날마다 버리고 싶었던 그 자리, 수십 년 동안 사용해서 낡고 헐거워진 그 자리를 버리지 못한 것은 가족에 대한 책임이고 배려였다.

시부모님이 계실 때는 며느리가 늘 그 자리에 있어야 안심할 것이라는, 아이들에게 엄마는 늘 그 자리에 있어 주어야 아늑할 것이라는, 남편에게 아내는 늘 그 자리에 있어 줘야 편안할 것이라는…. 무언의 권고장 같은 의무로 이 나이까지 그 자리를 굳게 지켰다.

그러나 그것은 나의 기우이고, 지나친 착각이다. 안 그래도 되었다. 충분히 내 자리를 찾고 살았어도 될 일이었다. 그 자리를 버렸다고 해서 따지고 나무랄 가족은 아무도 없다. 모두가 내가 자처한 '착한 천재 병' 이고, 사서 고생한 지나친 배려일 뿐이다.

난간 지붕에서 풍금 소리 같은 빗방울 소리가 끊임없이 들린다. 삼월로 접어들어 처음 오는 봄비다.

거실문을 활짝 열어젖혔다. 서재에 있던 온갖 잡동사니를 모두 거실로 끌고 나왔다. 제멋대로 쌓여 피사의 사탑처럼 기울어진 책들을 가지런히 정리하고, 먼지 쌓인 책상을 털어냈다. 오전 내내 정리를 마치고 식탁 귀퉁이에 있던 노트북을 서재 책상 위로 옮겼다.

나 스스로 옭아매며 살았던 그 자리, 수없이 버리고 싶었던 그 자리, 내가 아니면 안 된다는 착각으로 의무처럼 버리지 못했던 그 자리를 미련 없이 버렸다.

아, 드디어 그 자리를 버렸다. '착한 천재 병' 도 함께.

– 2021. 청색시대

물갈이

2017년, 우리 동네 덕천마을은 4천 세대가 넘는 아파트 단지로 변신했다. 재개발되기 전 이곳은 도떼기시장을 중심으로 오래된 야트막한 집들이 오밀조밀 모여 살았다. 최첨단의 문명이 파도를 쳐도 끄떡없이 옛 정취를 풀풀 풍기며 그 자리를 고수했다.

앞 마루에 앉아 장기를 두면 순식간에 훈수꾼으로 모여드는 이웃이 있어 사람 그리운 줄 모르고 살았다. 문을 열고 아무개야 하고 부르면 동기간처럼 달려오는 이웃이 있어서 사람 사는 냄새가 났다. 그렇게 세월이 흐르는 사이 동네 구석구석 쓰레기가 쌓이고 오래된 건물들로 마을 전체가 차츰 낡아갔다. 장마만 지면 물난리로 온 동네가 피난민 수용소처럼 어수선했다. 결국, 재개발지역이 되었다.

처음 개발지역으로 판명났을 때, 찬성과 반대로 분분했다. 서둘러 이주를 한 주민도 있고, 끝까지 싸우겠다고 버티는 주민도 있었다. 영혼이 떠난 마을은 햇빛도 비껴갔다. 우중충한 동네를 지나치려면 낮에도 등줄기가 서늘했다. 끝까지 버티고 있던 시위자가 자취를 감추었을 때는 이미 십 년이라는 세월이 흘렀다.

막상 아파트가 완공되고 나니 동네 전체가 밝아졌다. 정겨운 옛 동네가 없어진 것에 대해 아쉬움은 있지만, 현대적이고 편리한 도시 하나가 탄생한 것에는 놀라지 않을 수 없다.

우리 집도 나이 들었다.

짙은 밤색 문은 집안을 어둡게 하고, 대책 없이 창문을 막고 있는 수납장은 주방으로 들어오는 빛을 가린다. 깊이가 깊은 냉장고는 불거져 나와 설 자리가 옹색하다. 싱크대는 삐거덕거리고, 문은 돌쩌귀가 삭아 내려 저절로 열린다. 제 빛을 잃은 벽지는 비 맞은 무명옷처럼 누렇게 절었다. 식탁은 성한 곳 없이 상처투성이다. 의자는 금방이라도 주저앉을 것 같이 제 몸을 가누지 못한다. 소파는 푹 꺼지고 가죽이 벗겨져 헉헉거린다.

어느 것 하나 온전한 게 없다. 빛은 바랠 대로 바래

고, 썩을 대로 썩고, 삭을 대로 삭았다. 오래 고여 있는 물처럼 탁한 공기가 온 집안에 가득하다. 덕천마을처럼 우리 집도 변화가 필요하다.

마음먹었다고 다 되는 것은 아니다. 몇 번 변화를 주려고 시도했지만, 남편의 강력한 반대로 주저앉았다. 가장 큰 힘을 가지고 있는 사람이 반대하니 거듭, 달걀로 바위 치기만 하다 말았다.

몇 날 며칠 뒷짐을 지고 방안을 서성인다. 싸움을 시작하기에 앞서 확실한 준비가 필요하다. 굳이 '적을 알고 나를 알면 백번을 싸워도 위태롭지 않다' 라는 손자병법을 들먹이지 않더라도, 대책 없이 부딪쳤다간 시작도 못 하고 완패할 것이 뻔하다. 전쟁을 하려면 반드시 싸워 이겨야 한다. 질 거면 아니 시작한 것만 못하다.

비장한 각오로 꼼꼼하게 설계도를 그렸다. 과정은 힘들어도 결과에 승복할 수 있는, 그의 허를 찌를 수 있는 청사진이 필요하다. 살아오면서 불편했던 것들을 개선하고, 좁은 공간이 넓게 보이도록 색깔도 미리 정하고, 짜임새 있는 설계도를 그렸다.

설계를 끝내고 가장 강력한 반대 시위자에게 상의했다. 상의라기보다는 통보에 가깝다. 어떠한 청사진을 내

놓는다고 해도 반대할 그 사람과 싸우기 위해 도전장을 내밀었다. 만약에 동의를 해주지 않더라도 밀고 나갈 각오로 만반의 준비를 했다.

예상했던 대로 그는 완강히 반대했다.

그가 쌓아 올린 장벽은 해일이 덮쳐도 끄떡없을 만큼 높다. 그것을 뛰어넘지 못해 주저앉은 대가로 가정은 평안했을지 모르지만, 집안 구조는 찌들 대로 찌들었다.

나에게 남편 한 사람의 반대는 수천 명에 버금가는 시위대와도 같다. 덕천마을 개발을 끝까지 반대한 사람처럼, 어떠한 설득에도 굴하지 않을 사람이다. 육체적으로 힘들어야 하는 고달픔보다 정신적인 그의 반대가 더 힘이 들기에 비장한 각오가 필요했다.

어느 수필가는 '이번에 양보하면 다음에는 그러지 않겠지' 하는 기대는 매우 위험한 발상이라고 했다. 이번만큼은 절대로 양보하지 않으리란 각오로, 그려진 청사진대로 세밀하게 진행했다. 암암리에 업자를 선정하여 실행에 들어갔다.

먼저 짙은 밤색 문은 흰색으로 칠했다. 꼬박 이틀이 걸렸다. 이름 모를 어느 장인의 손끝에서 방문이 모두 하얀빛으로 변신했다. 은빛 분홍색으로 도배를 하고 나니 집안이 밝은 색으로 환하게 빛이 난다.

창문을 가리고 있던 수납장은 철거하고, 깊이가 얕은 냉장고와 수납장을 한쪽으로 몰아 가지런히 설치했다. 졸지에 처신이 궁색해진 덩치 큰 냉장고가 자리를 내어 주니, 제 모습을 드러낸 창문으로 들어오는 빛이 주방 전체를 밝힌다.

기존의 기역자 싱크대를 오각형으로 설치했다. 선 하나 바뀌었을 뿐인데 수납공간도 넓어지고 완전히 다른 모습이다. 기왕 싸우는 김에 식탁과 소파까지 새로 들여 놓았다. 오랜 세월 한자리에 있던 그림도 제자리를 찾아 다시 걸었다. 조명은 LED 등으로 모두 교체했다. 온 집 안이 봄볕처럼 화사하고 아늑하게 변했다.

이렇게 변신하기까지 남편의 시위에 얼마나 힘들었는지 모른다. 나에게 열흘은 십 년을 걸어온 가시밭길과도 같다. 그러나 결국 그가 쌓아 올린 장벽을 무너뜨렸다. '이번에 양보하면 다음에는 그러지 않겠지' 하는 기대로 그냥 눌러앉았더라면 이 놀라운 변화는 느껴보지 못했을 것이다.

매사에 트집 잡던 그 사람도 막상 몰라보게 변한 집 안을 보고 입꼬리가 귀에 걸린다. 나의 손자병법이 제대로 그의 허를 찌른 셈이다. 반대했으니 도와줄 리 없다. 그는 손 안 대고 코 푼 격이다.

쌀을 씻어보면 안다. 처음에는 탁한 쌀뜨물로 인해 쌀알이 보이지 않는다. 그러나 자꾸만 물갈이하다 보면 쌀알이 선명해진다. 바다도 한번씩 해일과 태풍으로 휘저어 주어야 순환이 되듯, 집안이든 나라든 한 번씩 물갈이해 주어야 한다. 그것이 인고의 고통일지라도 탁한 그 무엇을 순환시켜야 한다.

사각형에서 오각형으로 선 하나 바뀌었을 뿐인데 엄청난 변화를 준 싱크대처럼, 생각 하나만 바꾸어도 이렇듯 달라지는 것을.

남편의 굳센 반대를 이겨내고 새롭게 태어난 우리 집은 덕천마을 아파트 단지 못지않게 예쁘다.

'쉬운 길은 길이 아니다' 라고 그 누가 말했던가.

– 2017. 에세이포레

귀촌

오랜 염원 끝에 드디어 귀촌했다.

오지에서 자란 탓일까, 도심지에 살면서도 늘 산속이 그립다. 언젠가는 귀촌하여 텃밭 가꾸며 자연과 함께 살리라 꿈꿔 왔다. 그 촌스러운 그리움은 오랜 세월이 지나도 내 곁에 맴돈다.

남들이 보면 재물이라도 엄청나게 쌓아놓은 것처럼, 어디에 땅이 났다더라 하면 먼 길 마다하지 않고 달려가고, 어디가 좋다더라 하면 반드시 그 땅을 보러 가곤 했다. 역마살이 들어도 한참 들었다.

막상 가서 보면 한발 물러서게 된다. 괜찮다 싶으면 땅값이 너무 비싸고, 가격이 만만하면 조건이 마음에 들지 않는다. 옛말에 결혼과 땅은 인연이 닿아야 이루어진다더니, 그렇게 오랜 세월 땅과의 인연이 닿지 않았다. 나의 지병은 아직도 진행 중이다.

전해주 화백이 전시회를 한다는 전갈이 왔다.

나는 그림에 대해서는 잘 모르지만 그림을 좋아한다. 그냥 좋아하는 것이 아니라 엄청나게 좋아한다. 영화보다 뮤지컬보다 음악회 가는 것보다 그림 감상을 더 좋아한다. 경제적 여유만 있다면 벽면마다 그림으로 채워놓고 싶을 만큼 그림이 좋다. 하지만 우리 집은 너무 좁다. 그림 몇 점 걸면 더는 여백이 없다. 그런데도 그림에 욕심을 부린다. 오랜 세월 귀촌을 꿈꿔온 것처럼.

전 화백은 일본으로 문학기행을 갔을 때 만난 룸메이트다. 그녀는 모든 것이 나와 다르다. 서정 수필을 쓰는 내 감성과는 너무도 다른 강한 면이 있다. 영리하고 열정적이고 진취력이 강한 사람이다. 내가 차마 내세우지 못하는, 선뜻 실행하지 못하는 그 무엇을 거침없이 실천하는 그녀의 당당함에 매료된다. 나와 다른 것에 대한 동경, 갈망, 대리만족 같은….

모든 면에서 나와는 다르지만, 그녀가 그린 그림은 내 정서와 너무 닮았다. 그래서 그녀보다 그녀의 그림을 더 좋아한다.

유명한 화가의 그림이라고 해서 무작정 좋아하는 것은 아니다. 피카소나 이중섭의 어두운 그림은 높이 평가할 뿐 좋아하지 않는다. 마음이 우울해져서다. 무명 화가가 그렸더라도 환하고 행복한 그림을 좋아한다. 빈센트 반 고흐의 '꽃피는 아몬드 나무'를 좋아하고, 인상파 화가 클로드 모네의 수련을 좋아한다. 물결이 눈부시게 일렁이는 그림을 보고 있으면 가슴이 떨린다. 이영철의 꽃 사발 그림은 생각만 해도 행복하다. 태생이 산사람이라서 그런지 자연 배경의 그림이 더 좋다.

전시회가 열리는 갤러리에 들어서니 감성을 흔드는 그림이 가득 걸려 있다. 정원, 산, 들. 과일, 꽃…. 아마 전 화백도 태생이 시골인가 보다.

한 점 한 점 보면서 지나다가 어느 그림 앞에서 발이 멈췄다. 거기에서 모네를 만났고, 그토록 꿈꾸던 내 집을 만났기 때문이다. 초록빛 물감을 확 풀어헤친 정원에 원색의 꽃이 무리 지어 피어있는 집, 담장을 돌아 마당으로 이어진 길을 따라 들어가니 빨간색 기와지붕이 보인다. 큰 나무 아래, 초록빛 이파리에 에워싸인 집이다. 흰색 문틀과 빨간색 기와지붕의 원색 대비가 선명하다. 빨간색 지붕과 초록빛 이파리 사이로 쪽빛 하늘 배경이 나를 와락 끌어안는다. 한눈에 봐도 내가 그토록 찾아다니던 그 집이다.

나는 귀촌을 하면 이런 집에서 살고 싶다. 당장이라도 땅임자와 흥정하고 싶다.

그림은 50호나 되는 큰 그림이다. 아무리 그림에 문외한이지만 그림값에 대한 정보는 안다. 그 넓은 정원과 집, 나무, 꽃, 하늘을 그릴 때, 얼마나 온 힘을 다했을까 생각하며 한참을 그 자리에 맴돌았다.

감히 금액으로 환산할 수 없는 그림이지만 조심스럽게 땅값을 물었다. 뜻밖에도 내가 원하는 금액이면 얼마라도 괜찮다고 한다. 이런 흥정이 또 있을까.

땅을 찾아다니는 동안 강산이 몇 번이나 변했지만, 경제적 여건이 따라주지 않아 원하는 집터를 사지 못했다. 그런 내게 원하는 값에 무조건 주겠다니, 그녀의 말로 지나온 세월을 몽땅 보상받은 느낌이다.

얼마 후, 그 그림은 〈생명의 숨결〉이라는 이름표를 달고 우리 집으로 왔다. 옹색한 벽 한 면을 가득 채운 그림 속 내 집, 생명의 숨결로 인해 집안이 그윽하다.

그토록 꿈꾸던, 정원이 있는 내 집이 생겼다. 이 정원에다 마음도 내려놓고, 근심도 내려놓고, 역마살도 내려놓고 유유자적 살 것이다.

'생명의 숨결' 은 꼭 시골에 살아야 귀촌이라는 내 생각을 바꾸었다. 그림을 보고 있으면 순간순간 행복하고 날마다 행복하다. 힘들게 정원을 손질하지 않아도 되고, 잔디를 가꾸지 않아도 된다. 비가 오고 눈이 와도 늘 푸른 내 집, 내 정원은 꽃으로 가득하다.

평생 꿈꿔온 집 앞에다 의자 두 개를 놓으니 그야말로 정원 앞에 앉은 느낌이다. 귀촌을 꿈꿔온 내게 '생명의 숨결' 은 순도 높은 삶의 충전소다.

아, 드디어 귀촌했다.

- 2018. 한국작가

염불사의 여름

채홍 이영숙 수필가는 풀냄새를 '아버지 냄새 같다'고 한다. 장마철 〈염불사〉 가는 길은 아버지 냄새로 가득하다. 그 향기에 취해 오래전에 돌아가신 아버지를 생각하고 또 생각하며 산길을 오른다.

아주 오래전, 삼막사로 가기 위해 이 산길을 걸었다. 연분홍 산철쭉이 막 피어나던 늦은 봄이다. 한참을 걸어 산등성이에 다다랐을 때, 산비탈에 안겨 있는 염불사를 보고, 순간 그 자리에 멈춰 오래도록 서 있었다. 그 길로 염불사에 입적하고 도돌이표처럼 산사를 오르내리며 마음을 내려놓곤 한다.

안양 삼성산 끝자락에 아늑하게 터를 잡은 염불사는 가파른 벼랑 곳곳에 도량이 자리 잡고 있다. 맨 위에 있는 칠성각으로 가기 위해 수십 계단을 오른다. 곤두박질칠 것처럼 가파른 비탈이지만 그곳에서 바라보는 대자연은 그윽하게 아름답다. 무심히 조금만 서 있어도 일상에 부대낀 마음이 저절로 맑아진다.

칠성각에 합장하고, 급하게 경사진 계단을 조금 내려오면 늘 자물쇠가 잠겨있는 영산전이 있고, 바로 옆에는 바위에 새겨진 마애 미륵불이 수호신처럼 우뚝 서서 안양시를 바라본다. 금방이라도 사태 져 흘러내릴 것 같은 산 중턱에서 몇백 년, 그렇게 버티고 서 있었을 근엄함에 저절로 머리가 숙여진다. 오체투지로 삼천 배라도 올리고 싶다.

아슬아슬한 계단을 몇 개 더 내려오면 산신각이 그림처럼 서 있다. 두어 사람 무릎 꿇고 앉으면 가득 차는 작은 텐트처럼 오붓하고 아늑한 도량이다. 남몰래 새겨둔 소망 하나 고백하고 싶은 생각이 절로 든다. 그 아래로는 산신각만큼이나 작은 독성각이 있다. 독성은 스승 없이 혼자 깨달음을 얻은 성자를 일컫는데, 이름만큼이나 외롭고 쓸쓸해 보인다.

거기서 다시 가파른 계단을 지나면 나한전과 염불전 지장전이 있고, 낮게 내려앉은 터 한가운데 우뚝하게 염불사 대웅전이 하늘을 이고 있다. 비질이 정갈하게 되어 있는 마당 끝에는 범종각과 삼층 석탑이 터줏대감처럼 자리를 잡고 있다.

600살 먹었다는 보리수나무가 대웅전 앞마당에서 고즈넉이 장맛비를 맞고 있다. 어느 해 태풍으로 한쪽 가지가 부러져 반쪽만 푸르지만, 그 푸른 잎을 타고 초록물이 줄기차게 흘러내린다. 염불사가 얼마나 깊고 그윽한 도량인지 말하고 있는 듯하다. 보리수나무를 마주 보고 서 있는 삼층 석탑도 비에 젖어 말이 없고, 우람한 범종도 오늘따라 그 침묵이 근엄하다.

"이곳은 무엇을 바라며 빌러 오는 곳이 아니라 마음 닦는 곳, 마음의 때를 깨끗하게 씻으러 오는 도량이고, 속세에서 지은 죄를 참회하러 오는 곳"이라는 주지 스님의 법문 앞에서 분주하게 걸어온 내 삶을 돌아본다.

늘 목이 말랐다. 부처님 앞에 오면 뭘 자꾸만 원했다. 목마른 그 무엇을 채워 달라고 빌었다. 오랜 세월 그렇게 바라고 빌며 산사를 찾았다. 진정한 행복은 무엇을 원하는 게 아니라는 것을 오랜 세월이 흐른 후에야 깨달았다. 가난해도 마음의 빚이 없는 것, 가지려고 하는 것보다 남에게 보시하고 양보하는 것이 더 큰 기쁨이라는 것도 알게 되었다.

아직은 엉거주춤 들고 있는 것이 많지만, 부처님의 가르침이 그것마저 내려놓는 지혜를 주실 것이라 믿는다.

기도가 끝나고 모두 돌아간 빈 법당에 홀로 앉았다. 밖을 바라보니 여전히 비가 내린다. 사방이 온통 초록빛이다. 오래된 마루가 결 곱게 길이 들어 장마철 끈적거림을 덜어낸다. 고요히 궂은비는 내리고, 초록빛 그윽한 산사의 풍경에 모든 시름을 잊는다.

이토록 아늑하고 편한 안식처가 또 있을까.

내 이름으로 문서화된 소유여야만 내 것은 아니라는 것을 비로소 깨닫는다. 가끔 찾아와 허약한 영혼에 영양 보충하고 갈 수 있는 마음의 휴양지. 아버지 냄새와도 같은 곳. 영혼을 정화하는 곳, 이곳이야말로 나에겐 산소통과도 같다. 산사와 대자연을 온전히 덤으로 누릴 수 있는 이 호사에 감사한다

살다 보면 어찌 죄짓지 않고 살 수 있겠냐며, 그럴 때마다 이곳에 와서 참회하고 마음을 깨끗이 씻어 내고 돌아가라는 주지 스님의 법문은, 굳이 불자가 아니더라도 새기고 새겨야 할 진리인 것을.

– 2020. 불교평론

산옥이 나무

〈산옥이 나무〉라는 것이 싫었다.

내가 태어난 고향은 고양군 어느 야트막한 야산이다. 나는 본래 하늘을 가릴 만큼 큰 목제가 될 '전나무' 다. 내 혈통은 웅장하고 멋진 가문이다. 오대산 전나무 숲이 말해주듯이.

내가 어느 남정네 손에 이끌려 작은 화분에 심어진 것은 순전히 운명이었다. 내 몸은 인위적으로 기형을 만든 분재는 아니다. 비록 작은 화분이지만 견딜 만했다. 처음에는 그랬다.

나는 어느 해 안양에 사는 산옥이네로 왔다. 화초를 좋아하는 그녀는 나에게 부담스러울 만큼 관심을 주었다. 날마다 들여다보며 눈맞춤을 해 주고, 물 주고, 쓰다듬어 주었다. 성탄절에는 반짝이는 장신구를 뒤집어

씌우고 크리스마스트리를 만들어 놓기도 했다. 뼈대 있는 가문의 후손으로 내 본새가 좀 우습기는 하지만, 사랑받는 것으로 체면은 내려놓기로 했다.

그렇게 옹색한 베란다에서 십수 년을 보냈다. 키 크고 뼈대 있는 혈통의 후손인데도 불구하고 내 키는, 아무리 나이를 먹어도 더 이상 자라지 않았다. 기온도 변하지 않는 좁은 화분에서는 발을 맘껏 뻗을 수 없다. 날마다 물을 마셔도 시원하게 트림도 할 수 없다. 그녀가 가끔 소화불량으로 얼굴을 찌푸릴 때처럼, 내 온몸의 이파리가 누렇게 변해갔다. 앙상하고 초라했다.

그녀는 내 모습을 유심히 지켜보았다. 슬픈 눈으로….

겨우내 독감 앓는 사람처럼 베란다 구석에 웅크리고 있었다. 내 몸 어디에도 수액이 돌지 않았다. 그녀가 그런 나를 들여다보며 속삭이듯 위로한다.

"조금만 더 견디렴, 새봄에는 너에게 자유를 줄게."

꽃소식과 함께 만물이 수런거리는 봄날이다. 그녀는 끙끙대며 나를 안고 공원으로 갔다. 베란다에서 가장 잘 보이는 길 건너 공원에다 나를 옮겨 심었다.

"그래 나무는 땅기운을 받으며 뿌리를 내려야지. 여기서 네가 원하는 만큼 키를 키우렴. 사계절 온도의 변화도 체험하고. 큰 나무 아래에 있다고 기죽지 마. 너는 나무 중에도 으뜸인 전나무라는 사실을 잊어서는 안 돼. 내가 늘 창 너머로 지켜볼게."

그렇게 나는 공원에 심어졌다. 그녀는 푸석하게 헝클어지고 왜소한 내 가슴에 〈산옥이 나무〉라는 동그란 이름표를 걸어 주었다. "이건 너를 지켜주는 부적이야." 전나무라는 근사한 내 이름이 있음에도 굳이 〈산옥이 나무〉라는 이름표를 달아 주는 것이 내심 불쾌했다. 정말 싫었다.

나는 공원에서도 한참 동안 뿌리를 내리지 못했다. 가뭄도 심하고 응달 아래 서 있었기 때문에 내가 원하는 만큼 자랄 수 없었다. 그런 내가 안쓰러운지 그녀는 때마다 와서 물 주고 말도 걸어 주었다.

"견뎌야 해. 그래야 너의 본모습을 찾게 돼."

늦봄이다. 베란다에서 함께 살던 동백이가 내 곁으로 왔다. 내가 처음 이곳으로 오던 날처럼, 누렇게 떠서 다시는 제구실을 못 할 것 같은 모습이었다. 그녀는 동백이를 내 옆 저만치에 심어 주었다.

"둘이 의지하며 잘 자라렴. 꽃도 피우고."

그녀는 동백이에게는 이름표를 달아 주지 않았다. 내

가슴에 촌스럽게 매달린 〈산옥이 나무〉 이름표가 더 싫어졌다. 당장이라도 떼어내고 싶었다.

동백이는 무더운 여름과 선선한 가을을 보내는 동안 조금씩 제 모습을 찾아갔다. 꿋꿋하게 겨울을 보낸 동백이가 새봄이 되자 신고식처럼 커다란 꽃송이를 터트렸다. 그녀는 지나가는 사람도 아랑곳없이 방방 뛰며 기뻐했다.

"아가, 잘 견뎌 줘서 고마워!"

동백이가 또 한 송이의 꽃을 피우던 날이다. 어둑한 저녁에 웬 남자가 동백이를 캐서 화분에 심었다. 주변을 살피며 동백이를 안고 골목길을 향해 잰걸음으로 사라졌다. 지켜볼 뿐 아무것도 할 수 없어 애가 탔다. 좁은 화분 속에서 다시 노랑병에 걸릴 동백이를 생각하니 그녀가 더 걱정되었다.

이른 아침 동백이 꽃을 찍으려고 달려온 그녀가 두리번거린다.

"어, 동백이가 어디 갔지?"

동백이 빈자리를 바라보는 그녀는 자식을 잃은 듯한 모습이다.

그때 알았다. 내 가슴에 이름표를 달아 준 이유를. 아무도 나를 캐가지 못하도록 하기 위해서였다는 것을.

〈산옥이 나무〉라는 촌스러운 이름표는 그렇게 나를 지켜주는 든든한 지킴이였다는 것을.

나는 자연의 정직한 질서를 배우며 느티나무와 은행나무 사이에서 조금씩 몸집을 키우는 중이다. 키 큰 나무 아래, 햇볕 없는 그늘 속에서 쑥쑥 자라지는 못하지만, 그녀 모르게 아주 조금씩 키가 큰다. 그녀는 그런 나를 날마다 와서 토닥여 준다.

“에고, 큰 나무 아래서는 작은 나무가 자랄 수 없다더니 네가 그렇구나. 하지만 힘내, 너는 뼈대 있는 전나무거든.”

안쓰러운 듯 그녀가 나를 매만지고 가는 날은 마음이 그렁해진다. 가족처럼 여겨주는 진심 어린 응원에 힘차게 수액을 올린다. 왜소했던 어깨도 쭉 펴진다.

그녀를 처음 만나던 날, 나를 받아 안고 좋아하던 모습을 지금도 기억한다. 그녀는 새집을 짓고 마음 따뜻한 날들을 보내고 있었다. 나는 어느 남정네 가슴에 안겨 집들이 선물로 그녀 집에 왔다. 그때 그녀는 삼십 대 중반 새파란 새댁이었다. 노랑병이 든 나를 공원으로 옮길 때 그녀는 오십을 향하고 있었다. 내가 본 여인 중에 가장 예쁜 중년이었다. 내가 공원에서 아무도 몰래 키가 커 가는 동안 그녀는 어느새 육십을 넘어섰다.

계절이 순환을 거듭하는 동안, 그녀는 날마다 베란다 문을 열고 나를 바라봤다. 손짓도 하고 고개를 갸웃하고 환하게 웃기도 했다. 그녀의 끊임없는 관심을 받으니 외롭지 않다.

나도 공원에서 날마다 그녀의 집 베란다를 톺아보곤 한다. 가끔은 고단한 불빛이 새어 나오기도 하고, 때로는 웃음소리가 들리기도 한다.

그러다 문득, 나는 힘차게 젊어가고 그녀는 무심히 늙어간다는 것을 깨달았다. 그 예쁘던 모습에 주름이 생기고 머리는 반백이 되었다. 그녀는 자꾸만 작아지고 나는 날마다 크고 있다는 것을 슬프게 알아가는 중이다.

올해도 어느새 서릿가을이 되었다. 내 옆에 느티나무도, 은행나무도 그녀처럼 노랗게 물들었다. 오늘도 손자를 기다리던 그녀가 내 곁에 서서 한참 쳐다본다.

"놀라라! 언제 이렇게 큰 거야? 크지 않는다고 걱정했는데 이렇게 자라다니, 장하기도 하지."

그녀는 큰 나무 옆에서 조금씩 커 가는 나를 알아차리지 못했다. 느티나무 허리까지 쑥 올라온 오늘에서야 알아본다. 나를 바라보는 눈에 사랑이 가득하다. 나는 든든한 가족이 있다는 것이 기쁘다.

이제 나는 어느 집 베란다에도 들어갈 수 없고, 그 누구도 선뜻 캐 갈 수 없을 만큼 키가 자랐다. 지금은 내 가슴에 걸려 있던 〈산옥이 나무〉라는 이름표가 비바람에 삭아 없어졌어도 당당하게 서 있다.

월정사 선재길에 하늘을 찌르고 서 있는 육백 살 먹은 전나무처럼, 나도 멋지게 나이테를 늘릴 것이다. 훗날 그녀가 가고 없어도, 수없이 세월이 흘러도 〈산옥이 나무〉로 우뚝 남아 있을 것이다. 그녀가 바람으로 윤회하여 내 나뭇가지를 쓰다듬어 줄지도 모르니까.

– 2022. 인간과 문학

익어가는 시간

딸애가 추석 연휴 중 하루를 나에게 내어주었다. 함께 남양주시에 있는 〈불암사〉를 찾았다. 휴일이라 절 입구까지 차량이 주둔하여 어수선했다. 유감스럽게도 불암사 천년고찰의 향기를 제대로 누릴 수 없었다.

불암사 가을은 물고기 비늘처럼 온통 국화꽃으로 반짝였다. 앞마당 가득, 계단마다 쪼로리, 뒤뜰에도 두런두런…. 신도들이 올린 국화꽃 분, 사방천지 온통 꽃등을 켜놓았다.

부처님 전에 올리는 공양 중에 으뜸은 꽃 공양이라고 한다. 꽃 공양을 올리면 그 향기가 자신에게 돌아온다고 하여 향기로운 보시다. 꼭 그런 뜻으로 꽃 공양을 올리는 것은 아니지만, 나도 빨간색 국화꽃 화분을 공양 올리고, 마음의 여백을 충분히 채우지 못한 채, 떠밀리듯 산사를 내려왔다. 가을이 다 가기 전에 꼭 다시 한번 오리라, 마음먹었다.

주춤하는 사이 어느새 시월 끝자락이다. 불암사를 다녀온 지 한 달 만에, 이번에는 친정 언니들과 함께 도시락을 싸서 불암사를 다시 찾았다. 구부정하게 친정엄마를 닮아 가는 언니들에게 내가 해 줄 수 있는 것은 사찰 구경을 시켜 주는 것이 전부다. 산마을에서 태어나 산속에 탯줄을 묻은 탓인지 언니들은 다른 구경보다 산속 사찰 구경 가는 것을 더 좋아한다.

평일이라 불암사 입구 도로변에는 차량도 없고 한적하다. 산속은 곱게 단풍 들었다. 최선을 다해 조용히 제자리를 지켜온 나무들은 바람이 일 때마다 우수수 옷을 벗는다. 단풍 빛깔을 보면 나무가 한 해 동안 어떻게 견뎠는지 알 수 있다고 한다. 오랜 가뭄에도, 휘몰아치는 우기에도 최선을 다해 잘 버텨 온 나무는 나뭇잎도 곱게 물든다. 사람도 이와 다르지 않으니 올곧게 잘 잘 살아야 노년을 아름답게 맞이할 수 있지 않을까 싶다.

구석구석 가을을 머금은 불암사가 지난번 아쉬웠던 마음을 옹골차게 채워 준다. 그때 올렸던 국화꽃 분은 아직 내 이름을 달고 그대로 있다. 푸석하게 빛이 바래고 차마 외면할 수 없는 떫은 가을빛을 머금고 있다. 문득 이름 없이 그냥 올릴 걸 하는 부끄러움이 든다.

그사이에 무서리도 내리고 연꽃은 이미 갈색으로 목을 꺾고 섰다. 뿌리를 내리는 모든 것들이 여름내 후끈 달아오르던 열정을 멈추고, 겸손하게 몸을 낮추며 익어가고 있다.

우리 언니들도 홍시처럼 곱게 익어간다. 나눔 할 줄 알고, 나보다 남을 먼저 생각하며, 부모 공경에 최선을 다한 사람들이다. 가난을 안고 살아온 세월이 순탄한 길은 아니었지만, 이제는 곱게 물든 주홍빛 단풍나무가 되었다. 노년이 아름다운 사람이다.

언니들과 불암사 뜰을 함께 거닐던 이 순간을 액자 속 사진처럼 고이 간직하고 싶다. 훗날 누가 먼저 세상을 떠나더라도 오늘, 이곳에서의 추억은 오롯이 기억될 것이다. 만나면 웃음 대신 아프다는 말부터 먼저 하는 언니들을 보고 있으면, 짧은 가을빛이 아깝다. 더 자주 만나고 더 기쁘게 해 주고 싶어 자꾸 마음만 급하다.

불암사는 남양주시 불암산로에 위치한 절이다. 큰 바위로 된 봉우리가 마치 부처님 형상이라 하여 불암산이라 불린다고 한다. 깊은 산속도 아니고, 높은 곳에 있는 것도 아니다. 불암산 야트막한 중턱에 자리 잡고 있어서 관절에 무리 없이 다녀올 수 있다.

조선 시대 초기에, 한양을 중심으로 동쪽에는 불암사, 서쪽에는 진관사, 남쪽에는 삼막사, 북쪽에는 승가사, 이렇게 4대 사찰을 호국안민의 기도 도량인 원찰로 정했다고 한다. 불암사는 원찰 중에서도 가장 으뜸으로 꼽히는 천년고찰이다. 조선 최고의 명필가 한석봉의 필체인 대웅전 현판이 그 오랜 역사를 말해준다. 그 외에도 보물과 유형문화재를 많이 안고 있다.

또한 이곳 불암사는 마음 허한 날 문득 찾아와 조용히 여백을 누릴 수 있는 곳이기도 하다. 절로 들어서는 길목에서부터 절 뒤뜰까지 요소요소에 법구경의 좋은 글을 걸어 놓았다. 가을빛 짙게 배어 있는 풍경, 국화꽃 향기 짙은 계절이면 더 좋으리. 가을빛에 물들어 법구경을 한 자 한 자 읽다 보면 어느새 마음이 가벼움에 든다. 일상에서 위로받지 못한 생채기에 저절로 새살이 돋는다.

'활 만드는 사람은 활을 다루고, 배 만드는 사람은 배를 다루며, 목수는 나무를 다루고, 지혜 있는 사람은 자신을 다룬다. 저 큰 바위는 바람에 흔들리지 않는 것처럼 지혜로운 사람은 뜻이 굳세어 비방과 칭찬에도 흔

들림이 없다'

오늘 불암사를 다시 찾은 것은 이 법구경 한 구절을 만나기 위함이 아니었을까.

도시락을 먹기 위해 불암사를 뒤로하고 산길을 내려온다. 언니들이 새벽잠 설치고 준비해 온 엄마표 장아찌, 호박잎쌈, 김치…. 예전에 친정엄마가 싸주시던 추억의 도시락을 먹기 위해 낙엽 수북한 양지를 찾는다.

- 2021. 동리목월

II. 땅에서 빛나는 달

샛노란 호박꽃이 알 품듯
애호박을 안고 달빛처럼 등 밝힌다

꽃 심는 농부

우리 집에서 차로 30분 거리, 대야미역 근처에 열 평 남짓한 주말농장이 있다.

처음에는 그렇게 멀리까지 가서 농사지을 일 있느냐고 그 사람을 타박했다. 그러던 것이 이른 봄에 와서 보고는 마음이 바뀌었다. 산벚꽃이 얼굴을 비벼대며 다투어 필 무렵이었는데, 갈치호수를 끼고 도는 야트막한 산 아래 농장은 그대로 '나의 살던 고향'이었기 때문이다. 가슴이 뛰었다.

그날로 농사를 시작했고, 해마다 이곳에서 호사를 누린다. 이곳에는 뻐꾸기도 있고, 산비둘기도 있고, 엄마도 있고, 첫사랑도 있다.

올봄 남편에게, 밭 귀퉁이에 백일홍 한 포기만 심자

고 했더니 벌컥 화를 냈다. 이것저것 농작물 심기에도 부족한, 고작 열 평 남짓한 땅에 꽃이라니, 정신 나간 소리지 싶으면서도 내심 서운했다.

꽃대가 올라와 옥빛 하늘을 배경으로 노랗게 피어나는 쑥갓 꽃도 백일홍 못지않게 예쁘다. 오래 두고 볼 양으로 몇 포기 세워 두면, 어느새 그 자리에 다른 농작물이 고개를 쳐들고 있다. 내 맘을 몰라주는 남편이 야속하다. 상추 한 포기라도 더 심겠다는 그와는 다르게, 나는 그 열 평 밭에 코스모스만 잔뜩 심고 싶어 가끔 남편과 티격태격한다.

우겨서라도 꽃 몇 포기 못 심을 것도 없지만, 나를 위해 밭가에 백일홍 한 포기라도 심어주면 좋겠다 하는 바람으로 올해도 철없이 그의 마음을 저울질한다.

그런 내 마음을 알기라도 하는 듯, 어느 날 보니 농장이 온통 꽃밭이다. 밭 가장자리에 놓인 타이어에서 채송화가 서로 얼굴을 내밀며 나를 반긴다. 서로 먼저 피겠다고 하늘바라기 하는 모습을 보니 순간 울컥해진다. 채송화에는 지난날 엄마 모습이 숨어 있는 까닭이다. 옆에는 맨드라미가 이웃하고, 이국적 이름의 꽃들이 수런대며 피어 있다. 바라보고 있으니 한여름 뙤약볕이 하나도 뜨겁지 않다.

뒷짐을 지고 한 바퀴 돌아본다. 후미진 곳마다 꽃들이 서로 기대어 서 있다. 모두 농장 주인아저씨가 심은 것이다. 아저씨의 섬세한 마음이 느껴진다.

아저씨는, 나무꾼이 연못에 도끼를 빠뜨렸을 때 찾아준 동화 속 산신령님과 닮았다. 볼 때마다 호박꽃처럼 환하게 웃으신다. 어쩌면 화를 내도 웃는 모습이지 않을까. 그런 순박한 모습에 꽃 심는 마음까지 있으니 어떻게 신선이라 여기지 않으리. 덕분에 밭에다 꽃 심겠다고 남편과 싸울 일이 없어졌다.

꽃 심는 농부, 농장 주인아저씨에게 감사한다.

친정엄마도 개울가에 무리 지어 피어나는 청보랏빛 붓꽃을 무척이나 좋아했다. 밭일이 끝나 집으로 돌아올 때면 돌무덤 사이에 새하얗게 핀 조팝나무 꽃을 한아름 꺾어오곤 하셨다.

하루하루가 고단하고 버거울 텐데도 마당 끝에 꽃밭을 만들어 가꾸셨다. 엄마 꽃밭에는 꽃이 쉼 없이 피고 졌고, 오지 속 응달을 언제나 환하게 밝혀 주었다. 엄마의 봉숭아꽃으로 손톱에 꽃물 들였고, 우물가에 심어 놓은 과꽃을 보며 마음에 꽃물 들였다.

어쩌면 엄마에겐 꽃이 꿈이고 빛이고 피로 해소제였

을 것이다. 엄마는 꽃밭을 손질하며 모든 시름 내려놓고 고단함을 잠재웠을지도 모른다. 오늘보다는 내일이 더 낫겠지 하며 꽃 속에 한숨을 숨겼을지도 모른다.

진정 땅을 사랑하는 사람들 마음은 다 그런가 보다.

가을걷이가 끝난 밭에 배추와 무만 남아서 농장을 지키고 있다. 무청이나 뜯어 오려고 농장에 들렀더니, 밭두렁에 코스모스가 손에 손을 잡고 바람에 일렁인다. 빨강, 분홍, 흰색이 서로 기대어 찬바람 이는 들녘을 아늑하게 한다. 코스모스도 농장 아저씨가 심어 놓은 것이다.

코스모스는 모습 그대로 첫사랑이다. 차마 부치지 못한 주머니 속 그리움이다. 꽃으로 피어 일렁이는 서러움이다. 된서리 맞아 가며 빛을 발하는 설렘이다. 한 줄기 바람으로, 비로, 함박눈으로 내 열아홉 시절을 그대로 반추해주는 꽃, 내 마음에 어두운 곳을 밝혀주는 햇빛 같은 꽃.

– 2021. 에세이포레(그린에세이 연재)

세수

마흔 즈음이다.

남편에게 세수시켜달라고 조른 적이 있다. 아파서도 아니고 손을 다친 것도 아니다. 그냥 누군가 내 얼굴을 씻겨주는 느낌이 어떨까 궁금했다. 장난기가 발동하여 싫다는 남편에게 떼를 쓰다시피 해서 내 얼굴을 씻기게 했다. 참으로 오묘한 느낌이었다.

그때의 그 느낌은 지금도 뜨끈한 선짓국처럼 가슴에 남아 있다. 솥뚜껑만 한 손이 버걱버걱 내 얼굴을 문지르는데 불현듯 그 손길에서 모성애를 느꼈다. 거북이 등 때기처럼 크기는 해도, 궂은일 안 해 본 손이라 따뜻하고 부드러웠다. 남편의 손바닥이 내 얼굴을 문지를 때, 연기처럼 사라졌던 엄마라는 이름이 마음속 깊은 곳에서 울컥 올라왔다.

엄마도 나를 낳고 내가 내 손으로 세수할 수 있을 때까지 씻겨 주고 보듬었을 것이다. 그러나 지금은 그런 엄마의 손길을 전혀 느낄 수가 없다. 따스하고 포근한 감정을 기억해 낼 수가 없다. 그 아쉬움을 그날 남편이 씻겨 주던 손길에서 찾았다. 먼먼 지난날 씻겨 주던 엄마의 손길도 그랬을 거라고 기억을 더듬었다.

요즘엔 몸져누운 아버님을 날마다 세수시킨다. 넓은 이마, 굵게 패인 주름살, 까슬까슬한 턱수염, 커다란 점 사마귀가 있는 늘어진 목덜미…. 처음에는 그 촉감이 낯설었다. 마음이 슬그머니 방문 열고 도망치곤 했다. 그러나 이제는 너무 익숙해서 오히려 갓난애 세수시키는 것이 더 어색할 것만 같다.

아버님도 며느리인 나에게서 아련했던 모성애를 느끼실까. 내가 남편에게서 느꼈던 것처럼 아버님도 며느리 손바닥에서 잊고 있던 어머니의 사랑을 더듬고 계실까.

병마와 씨름하느라 미라처럼 누워 있다가도 세숫물을 가지고 들어가면 어느 결에 일어나 앉아 수건을 목에 두르신다. 어쩌면 아버님 생애에서 지금, 며느리 손으로 얼굴을 씻는 이 순간이 가장 큰 호강일지도 모른다는 생각에 더 정성을 다해 씻겨 드린다.

내 새끼 어릴 때, 세수시키고 나면 꼭 예삐화장품 바르고 토닥여 주었다. 그때처럼 아버님 얼굴에도 화장품을 발라 드렸다. 처음에는 "거 뭐 하러 발러." 어색해하시더니 지금은 "예삐 발라야지요" 하며 톡톡 어루만져 드리면 어린아이처럼 좋아하신다. 어쩌다 바쁜 날, 화장품 바르는 것을 잊고 세숫물만 들고 나올라치면 무엇인가 내 발꿈치를 따라나서고 있다. '이게 뭐지? 뭐가 이렇게 따라오고 있지?' 하고 돌아보면 빼꼼히 열린 방문 틈새로 아버님이 이만큼 멀어진 며느리를 쳐다보고 있다.

아버님은 육이오 전쟁 때 월남하셨다. 몸만 달랑 내려와서 온갖 고생을 다 하셨다고 한다. 가난만 넉넉했던 시절, 육 남매의 아버지로 사는 동안, 나뭇등걸처럼 거칠어진 육신을 한순간이라도, 한가롭게 손 놓고 쉬어본 적이 있었겠는가. 며느리 앞에서 실타래처럼 서리서리 풀어놓던 아버님의 옛이야기를 지금은 아버님보다 내가 더 많이 기억하고 있다.

이제 아버님에게 남은 것은 병뿐이다. 당뇨 합병증과 항문암, 폐암으로 다리는 탱탱하게 부어올라 본연의 살빛을 잃은 지 오래다. 푸르스름한 아버님 다리를 씻기다 보면 마치 죽어 있는 사람의 다리를 만지는 것처럼 차가운 느낌을 받곤 한다. 아버님은 엄지손가락 옆에 작은 엄지손가락 하나가 더 있는 육손이다. 매듭진 거친 그 손도 날마다 싹싹 문질러 닦는다.

병원에서 퇴원하던 날, 호스피스 병실과 집, 둘 중 하나를 선택해야 했을 때, 남편 형제들은 집을 선택했다. 의학도 손을 놓은 고통을 견디는 아버님이나 그걸 지켜보는 나는 날마다 함께 아프다.

고통받는 모습을 지켜보는 것은 더없이 슬프고 괴로운 일이다. 그걸 안 볼 수만 있다면 그 어디라도 좋을 것 같다는 생각을 하루에도 수십 번 했다.

아버님의 병고를 지켜보는 사람은 종일 함께 있는 나와 어머님뿐이다. 아버님과 각방을 쓰시는 어머님은 방에 은신하고 아버님을 외면했다. 아마도 지켜보기 괴로워 차라리 외면했을 거라고 믿는다.

나는 매일 아름다운 착각으로 아버님을 보살핀다. 하루 중 내가 아버님을 씻길 때가 아버님에게는 가장 행복한 시간이라 믿는 마음으로 말이다. 날마다 빡빡 문지르고 오래도록 주물러가며 씻긴다. 의학도 해결할 수 없는 아픔 앞에 내가 아버님께 해 드릴 수 있는 것은, 이런 것밖에 없다.

그러던 어느 날, 신기한 일이 일어났다. 굵게 매듭지고 삭정이처럼 거칠었던 아버님 손마디가 거짓말처럼 고

와졌다. 몰라보게 보드라워졌다. 엄지손가락 옆에서 갸우뚱 기대어 공존하던 작은 엄지손가락도 아기 손가락처럼 보드라워졌다. 먼먼 지난날, 아버님의 어머니가 세수시켜주시던 그 어린 날로 되돌아가 있는 듯했다.

그날 남편이 내 얼굴을 씻겨주지 않았다면, 그 손바닥에서 내가 잊고 있던 어머니의 모성을 기억하지 않았다면, 지금 아버님 세수시키는 일이 그저 밋밋한 형식에 불과했을 것이다. 혹시 착각일지는 모르지만, 지금 내가 얼굴 씻기고 손발 씻겨드릴 때, 아버님이 가장 행복할 거라고 믿고 싶다. 어머니의 따뜻한 손길을 기억나게 해드리고 싶다.

아버님과 마주 앉아 눈물 국에 밥 말아먹는 날이 잦아졌다. 이제 머지않아 아버님은 그토록 그리워하던 육신의 둥지, 어머니 곁으로 돌아갈 것이다. 기어이 오고야 말 아버님과의 이별 앞에서, 큰며느리의 손길이 너무 따스했다고 마음에 새길 수 있도록 날마다 정성을 다해 얼굴과 손발을 씻긴다.

- 2021. 수필미학

땅에서 빛나는 달

호박잎 사이로 샛노란 호박꽃이 알 품듯 애호박을 안고 피어난다. 호박꽃이 달빛처럼 등 밝힌다. 이틀 못 본 사이 애호박이 마디마다 열렸다. 알밤 줍듯 따고 보니 봉지에 가득하다. 며칠만 지나면 또 기쁨을 줄 것이다.

농장 주인아저씨가 매년 농작물을 나눠 주셔서 아쉬운 줄 모르고 얻어 먹는다. 올해는 아예 언덕만한 두엄더미에 우리 몫이라며 따로 호박을 심어 주셨다. 염치없이 호박넝쿨 주인 행세를 하며 원 없이 따다 먹는다. 덕분에 지인들에게 나누어 주는 인심도 쓴다.

호박꽃은 전, 튀김, 호박꽃만두도 만들 수 있고, 호박잎은 쌈으로 으뜸이다. 찌개에 넣으면 그 맛이 특별하다. 애호박은 볶음뿐만 아니라 전이나 부침개를 부쳐 먹을 수 있고, 된장찌개에 넣으면 더없이 깊은 맛이 우러난다. 애호박을 납작납작 썰어, 날 좋은 날 햇볕에 말려두면 대보름에 더없이 요긴한 나물이 된다. 호박은 뭐 하나 버릴 게 없다.

호박꽃 몇 개를 따려다 망설인다. 손이 호박꽃을 향해 가다가 슬그머니 되돌아온다. 내 입맛 즐기려고 단 하루 곱게 피어나는 꽃송이를 자르려니 양심에 가책이 된다. 조금만 참자, 찬바람 이는 늦가을 호박 줄기가 생명이 다하는 그때 따다가 식탁 위에 올려보자고 마음먹는다.

남편이 장모님을 세상에서 가장 좋아하는 이유 중 하나는 호박잎쌈을 원껏 먹을 수 있게 해 주어서다. 막냇사위 온다는 전갈을 받으면 옥수수 따다가 가마솥에 안치고, 그 위에다가 호박잎을 얹어 쪄 놓는다. 옥수수 특유의 냄새가 우러나는 호박잎은 구수한 된장과 어우러져 남편의 입맛을 자극한다.

엄마가 쪄 놓은 호박잎을 입이 미어지게 욱여넣고 먹으면, 옆에서 보는 사람까지 군침이 돈다. 그 모습을 지켜보던 엄마는 "이쁘다, 이쁘다, 먹는 모습에 복이 들었다" 며 흐뭇해했다. 지금도 남편은 호박잎만 보면 장모님 생각이 난다고 한다.

사위라고 잘해 준 것은 없다. 생일상 한 번을 챙겨 준 적 없고, 옷 한 벌 사 준 적도 없다. 흔한 양말 한 켤레 새로 사서 옜다, 신어라 내놓지 못했어도 사위에 대한 사랑은 남달랐다.

뚝배기 같은 사람이지만, 남편도 장모님 특별한 사위 사랑은 알고 있다. 윗목에서 설핏 잠이 들었는데, 장모님이 삭정이처럼 거친 손으로 자기 얼굴을 쓰다듬어 주었다고 한다. 그걸 어찌 잊겠냐며, 자는 척 눈 감고 있으려니 장모님의 사랑의 손길이 온 전신을 타고 흐르는 것 같아 전율이 일었단다. 저수지에 낚시하러 가면, 막냇사위 점심은 내가 지고 간다면서 호박잎쌈 싸 들고 골짜기를 올라가던, 굽은 소나무처럼 구부정한 등이 눈에 선하고, 낚시하는 옆에 앉아 구성지게 불러주던 정선아라리를 지금도 잊을 수 없다고 한다.

아버지는 사위가 오면 장기판 먼저 꺼내 놓고 "한판 두세" 하고 술상부터 차리게 해서 서먹한 거리를 좁혀 주셨다. 장기판 위에서 오가던 아버지의 말씀 한마디 한마디가 그를 철들게 했단다. 돌아가신 지 30년이 넘었지만, 이 세상에서 가장 존경하는 사람은 여전히 장인 장모님이라고 한다.

호박꽃 피는 계절에는 더 없이 엄마가 그립다. 머리에 흰 수건 쓰고 칸나꽃 붉게 피는 대문간에 구부정하게 서서, 막내딸 기다리며 하염없이 동네 어귀를 내다보던 엄마.

채송화가 긴 장마에 삭아내려 꽃잎을 접었다. 그 자리에 도라지꽃이 환하게 꽃등을 켠다. 비 그친 틈을 타 봉숭아꽃이 다투어 피어나고 코스모스가 긴 목을 높이 쳐든다. 장마철에 움츠렸던 고춧대에도 새하얀 꽃이 다닥다닥 피어난다. 그중에도 달빛 같은 호박꽃이 당연히 으뜸이다. '땅에서 빛나는 별은 꽃이라 하고, 땅에서 빛나는 달은 호박' 이라고 했던가. 어느 시인이 이렇듯 멋진 표현을 했을까.

주말농장엔 오늘도 별과 달이 끊임없이 수런거린다.

– 2021. 에세이포레(그린에세이 연재)

다시 걷는 그 길

보슬비 내리는 날 문득 여주 <신륵사>를 향해 집을 나섰다.

여주는 신혼의 단꿈을 꾸던 곳이다. 1980년 여주 어느 허름한 집 단칸방에서 신혼생활을 시작했다. 연탄 때고, 물은 길어다 먹고, 빨래는 일일이 손으로 빨았다. 몇 가구가 함께 세 들어 사는 그 집에서 몇 년을 그렇게 살다가 남편이 안양시청으로 발령받고 나서 본가로 올라왔다. 아득히 먼 옛날이야기다.

오랜 세월이 흘렀어도 신혼을 보내던 여주가 간간이 그립다. 가난하고 힘들었지만, 그곳에서는 무한한 꿈을 꾸고, 희망과 손잡고 함께 걸었다.

세월은 저만 가는 것이 아닌가 보다. 여주도 많은 것이 달라졌다. 내가 살던 그 이층 집은 반듯하게 새 단장을 했다. 우물터처럼 수시로 나가 다슬기 잡던 여주 강은 4대 강 살리기 사업으로 높은 둑을 쌓아서 근접도 할 수 없다. 대동맥처럼 뻗어있는 고속도로 하며, 군데군데 높은 아파트가 우뚝 앞산을 막고 섰다. 내 마음은 그때 꽃새댁 시절에 머물러 있는데 산천은 의구하지 않다. 너무나 많이 변했다.

신륵사도 많이 달라졌다. 지금은 일주문 옆에 매표소가 있어 표를 끊어야 들어갈 수 있다. 문화재를 보존하기 위한 절차일 것이다. 일주문을 지나면 템플스테이 하는 건물도 있고, 불이문에 들어서니 새롭게 단장한 천년고찰 신륵사 전경이 한눈에 들어온다. 절터 넓은 공간은 공원으로 조성되어 하나의 성처럼 웅장하다. 방목되는 토끼가 이곳저곳에서 봄풀을 뜯고, 강가에 늘어선 능수버들에 파릇파릇 물이 올랐다.

여주강을 바라보고 서 있는 다층전탑은 여전하다. 그 아래, 강줄기를 안고 있는 정자 '강월헌'이 발길을 붙잡는다. 주저앉아 풍월이라도 읊고 싶다. 딱 이대로 며칠만 머물고 싶은 마음 간절하다.

남쪽에는 꽃소식이 요란한데 3월 중순 이곳은 꽃망울이 아직 입을 열지 않았다. 입을 꼭 다문 꽃망울에 보슬비로 맺힌 물방울이 진주처럼 쪼록쪼록 매달렸다. 그 꽃나무 길을 걸으니 차라리 만개한 꽃길보다 더 아름답다는 생각이 든다.

오늘은 80년대 처음 발령받아 여주군청에 근무했던 남편과 내 분신, 셋째 딸과 함께 신륵사를 찾았다. 남편은 감회가 남다를 것이고, 이곳이 처음인 딸아이에겐 모든 것이 새로울 것이다. 오늘 막내딸과 팔짱 끼고 걸던 이 길은 훗날 또 하나의 추억이 될 것이다.

80년대 신륵사는 항상 열려 있어서 누구나 절 앞마당까지 자유롭게 드나들었다. 내가 세 들어 살던 그 집처럼 허름하고 만만해서 언제든 찾아와 마음을 내려놓을 수 있었다. 첫 아이 낳고 마음이 허할 때면, 아기를 업고 여주 강 긴 둑을 걸어서 여주대교를 지나 신륵사까지 왔다. 내 나이 스물여섯이었다. 그때 처음으로 절에 발 들여놓았다. 그렇다고 절차를 밟아 정식으로 절에 입적한 것도 아니다. 그냥 마음 끌리는 대로 신륵사에 다녀가곤 했다.

아기를 업은 채 절하고 대웅전 계단을 내려오면 걷기 어려울 만큼 다리가 후들거렸지만, 왠지 마음은 따뜻했다. 그렇게 누군가의 권고 없이 나 홀로 불자가 되었다.

오래전 그 꽃새댁은 신륵사에 와서 무엇을 바라고 기

도했을까. 이십 대 어린 나이에 그토록 소망한 바람은 무엇이었을까. 아기를 업은 채 십 리나 되는 그 먼 길을 타박타박 걸어와 '아미타여래 삼존상' 아래 머리를 조아리며 무엇을 원하고 바랐을까. 그때의 간절했던 소망이 전부는 아니어도, 부처님의 가피를 받아 지금까지 잘 살아왔고 견뎌왔으리라 믿는다. 무엇을 더 바라리.

신륵사는 신라시대에 창건된 고찰로, 유형문화재 제128호 극락보전(대웅전) 외에도 보물이 8개나 있다. 거기에 여주 강의 강줄기가 그윽한 풍광을 자랑한다.

여주에는 빼어난 팔경이 있다.

제1경은 신륵사에 울려 퍼지는 저녁 종소리(신륵모종)이고, 제2경은 마암 앞 강가에 고기잡이배의 등불(마암어등), 제3경은 학동의 저녁밥 짓는 연기(학동모연)이다. 제4경은 강에서 귀가하는 돛단배의 모습(연만귀범), 제5경은 양섬의 기러기 떼 내리는 모습(양도낙안), 제6경은 오학리 강변의 숲이 강에 비치는 전경(팔수장림), 제7경은 세종 영릉과 효종 영릉에서 두견새 우는 소리(이릉두견), 제8경은 파사성에 내리는 소나기(파사과우)다.

팔경의 뜻을 유심히 새겨보니 하나같이 한 편의 시다. 문득 그 팔경을 두루 둘러보고 싶다. 파사성에 내리는 소나기 소리도 듣고, 노을 지는 강언덕에 앉아 신륵사 저녁 종소리도 들을 수 있다면 얼마나 좋을까.

꽃새댁 시절을 반추하고 돌아오는 길에 봄비가 소리 없이 내린다. 어디선가 파사성에 내리는 소나기 소리가 들리는 듯하다.

- 2021. 여행문화

들뜨지 않는 계절

12월 경춘선 고속도로는 유난히 고적하다.

불타오르던 꽃불, 무성했던 초록 물결, 색색이 화려하던 나무들이 이제는 자코메티의 〈걸어가는 사람〉처럼, 앙상한 가지를 벌리고 서 있다. 무채색 계절이 마음마저 차분히 가라앉힌다.

막내딸과 춘천에 있는 삼운사로 가는 중이다. 올해가 다 가기 전에 집 떠나 고요히 며칠 묵고 싶었다. 그게 올 한 해 잘 견뎌온 나에게 주는 선물이다. 이번 기회에 막내딸에게 고백하고 싶은 말도 있다.

젊었을 때는 언제나 빛나는 내일이 있었다. '나는 젊으니까.' 언제고 기회는 많을 것이라는 희망으로 나를 돌보지 않았다. 그 흔한 '사랑한다'는 말마저 미루며 살았다. 잘못한 것이 있어도 가족이니까 그래도 된다며

'미안하다' 는 말을 아꼈다. 도움을 받아도 가족이니 당연하게 여기고, '고맙다' 는 말을 외면했다. 언제든 말할 기회는 많을 거라 생각했다. 하지만 그것은 착각이었다. 그것도 아주 많이 빗나간.

가난만 넉넉했던 시절, 막내딸이 여섯 살 무렵에 조금이라도 살림에 보탬이 되기 위해 직장에 다녔다. 아이는 유치원생이었는데, 그때는 통학 버스가 없었다. 혼자 걸어서 오가야 했다. 어린 딸에게 그 길은 위험하고 무서웠을 것이다. 새까만 눈동자가 겁에 질렸을 것을 생각하면 아직도 마음이 아프다. 미안함이 늘 가슴에 얹혀 있다.

온종일 일에 지쳐 돌아오면 대가족 살림 챙기기 버거워 딸아이에게 온전한 관심을 주지 못했다. 할머니 할아버지가 잘 챙겨주셨지만, 그래도 종일 엄마의 손길이 간절하고 그리웠을 텐데, 저만큼 미뤄놓고 바라보기만 했다. 충분히 안아주고 귀 기울여 주어야 했다.

아무 말 안 한다고 해서 괜찮은 것은 아니다. 늘 엄마바라기를 했을 딸아이가 명치끝에 걸려 따끔거렸다.

그런 환경 속에서도 막내는 해맑게 잘 자라 주었다. 눈 마주치면 빙긋이 웃고, 내가 지쳐 있으면 슬그머니

등 뒤에 와서 허리를 꼭 안아 주었다. 말 없는 그런 행동이 나에게는 큰 힘이 되었다. 위로받는 쪽은 언제나 나였다. 언제고 막내딸에게 미안하다는 말을 하고 싶었다. 그럴 수밖에 없었던 엄마의 속내를 고백하고 싶었다.

경춘선을 달리는 차 안에서 우리 모녀는 한동안 타인처럼 말이 없다. 이따금 근래에 일어났던 일을 이야기하며 차 안을 감도는 고요를 깨기도 하고 소리 내어 웃기도 했다. 그러나 정작 하고 싶은 말은 꺼내지 못했다.

입실 시간에 맞춰 삼운사에 도착했다.

천태종 구인사의 말사인 삼운사는 건립한 지 오십여 년밖에 되지 않았지만, 규모가 큰 사찰이다. 법당은 현대식 건물로, 삼천여 명의 신도들이 들어갈 수 있다고 한다. 도심에서도 가까워 템플스테이 하는 사람이 편리하게 찾는 곳이다. 앞에는 소양강이 흐르고 뒤에는 야트막한 봉의산이 자리 잡고 있다. 사찰 주변에는 높은 아파트 단지가 병풍을 치고, 구간마다 갤러리 커피숍이 있어 이국적 향기가 나는 듯하다.

친절한 보살님 안내를 받아 숙소로 들어갔다. 법복을 내어 주며 편히 지내라고 한다. 코로나19로 인해 템플스테이 오는 사람들 발길이 뜸하단다. 그 넓은 숙소에 어느 중년 부부와 우리 둘만 지내게 되었다. 숙소 전체를 온전히 전세 낸 것 같다.

입소를 마치고 우리는 사찰에 대한 설명을 듣기 위해 관음보살님 앞에 앉았다. 관음보살님이 눈을 반쯤 뜨고 미소 짓는다. 지도 처사님의 설명을 들으니, 눈을 크게 뜨고 세상을 바라보면 보지 않아도 될 것도 다 보게 되니 반쯤 감고 있는 거란다. 우린 다 같이 웃으며 첫 만남의 서먹함을 지웠다.

법당은 축구장만큼이나 넓었다. 거리 두기를 하고 앉아도 천 명은 족히 앉을 수 있을 것 같다. 아늑하고 작은 도량을 좋아하는 나에게는 너무 과분하여 거부감마저 든다. 내 소심한 낯가림인지도 모른다.

저녁 공양을 마치고 숙소로 돌아왔다. 온돌방이 뜨끈하게 데워져 있었다. 입소할 때 받은 단주 알을 실에 꿰며 딸아이와 세상 편한 자세로 마주 앉았다. 오늘만큼은 그래도 되었다. 지금까지 잘 살아왔으니 이 시간은 마음 편히 지내도 괜찮다 싶었다.

딸 아이와 단둘이 있는데도 하고 싶은 말은 차마 꺼내지 못했다. 왜 그 말이 목에 걸려 나오지 않는지 답답하기만 하다. 그렇게 사찰의 밤은 깊어갔다.

안개가 온 도시를 덮은 이른 아침, 조심스럽게 법당 문을 열었다. 큰 법당의 중압감에 저절로 주춤해진다.

보살님 한 분이 조용조용 찬불가를 부르며 불단을 닦고 있다. 낮은 콧노래가 메아리 되어 그 웅장한 법당 안에 가득 울려 퍼진다.

백팔 배를 했다. 백팔 배가 다 끝나도록 그 보살님은 불단 목조에 새겨진 무늬 하나하나에 정성을 다해 닦는다. 그 보살님이 아니었으면 넓은 법당이 짐짓 무서웠을지도 모른다.

'아, 저 모습이 부처님이구나. 진정한 몸 보시는 저런 것이구나.' 생각하며, 그 보살님으로 인해 한 조각 깨달음의 빛을 본다.

이른 아침, 아쉬운 마음으로 삼운사를 나왔다.

호반의 도시 춘천에는 유명한 카페가 많다. 우리 모녀는 높은 산자락에 있는 PAMIR라는 카페를 찾아갔다.

막 문을 연 카페에 들어서니 우리가 첫 손님이다. 그 넓은 카페를 우리가 통째로 빌린 느낌이다. 아침 안개에 휩싸인 카페에 딸아이와 마주 앉았다.

"막내야, 실은 엄마가 할 말이 있는데…."

왠지 이 순간이 지나면 영원히 말을 못 할 것만 같다.

"뭔데요, 새삼 무슨."

딸아이가 의문의 눈빛으로 쳐다본다. 무슨 말을 하려

고 하는지 이미 알고 있을지도 모른다. 어쩌면 오래전부터 엄마의 그 말 한마디를 기다렸을지도 모를 일이다.

"미안해."

"뭐가요?"

울컥 눈물이 치솟는다. 어릴 때 곁에 있어 주지 못해 미안하고, 지켜주지 못해 미안하다는 말이, 목울대를 치밀고 올라오는 뜨거운 열기와 뒤섞여 제대로 말을 잇지 못했다. 이 한마디를 하지 못해 오랫동안 가슴앓이를 했다. 섣불리 말을 하면 딸아이가 약해질까 봐, 이 험한 시대에 홀로서기를 못 할까 봐 억누르며 살았다. 진즉에 어루만져 주고 다독여 줄 것을, 미련하게 침묵만 했다. 너무 늦었다.

딸아이는 그렁한 눈으로 손사래를 친다.

"괜찮아, 정말 괜찮아. 나는 아무렇지도 않아. 지금도 그렇고 앞으로도 괜찮아. 왜 엄마가 미안해야 해. 그건 아니야. 오히려 엄마 덕분에 잘 자랐어요."

"우리 막내 이렇게 이쁘고 반듯하게 잘 자라줘서 고맙다."

딸애와 나는 한참을 웃으며 울었다.

우린 서로의 눈길을 피해 먼 곳을 바라본다.

들뜨지 않는 계절이라 다행이다. 화려하지도 무성하

지도 않은 계절이라 참 좋다. 넓은 카페 공간이 우리 둘만을 위해 배려하는 듯 고요하다.

사랑한다는 말, 미안하다는 말, 고맙다는 말 아끼지 말고 살아야겠다.

성수동 구두 명장

부슬부슬 비가 내리던 날, 성수동 J 구두 명장이 운영하는 공방을 방문했다. 성수동 골목에는 하늘을 찌르는 아파트도, 웅장한 건물도 별반 없다. 신발가게와 가죽을 파는 가게들로 촘촘해서 소박한 옛 정취가 물씬 풍긴다. 재개발이니, 재건축이니 하는 회오리바람이 아직 이곳을 강타하지 않았나 보다. 온종일 기웃거려도 싫증 날 것 같지 않다.

얼마 전 지인으로부터 J 구두 명장을 소개받았다. 50년 동안 구두 만드는 일에만 종사한 분으로, 성수동에서 으뜸인 명장이라고 했다. 꼭 신발을 맞추러 간 건 아니다. 마실 가듯 직장을 옮기는 요즘 세상에 묵묵히 50년 외길로만 걸어온 그분을 한번 만나보고 싶었다.

공방에 들어서니 가죽 냄새가 확 풍겼다.

명장은 인상 좋은 모습으로 우리를 맞아 주었다. 이웃집 아저씨처럼 스스럼없었다.

내 발은 지금껏 기성 신발만을 신어 왔고 거기에 길들었다. 싸고 예쁜 신발만을 찾다 보니 신발을 내 발에 맞춘 것이 아니라 신발에 발을 맞추어야 했다. 맞지 않아도 발이 편해질 때까지 참으며 길들여 신었다.

이곳은 발에 신발을 맞추는 곳이다. 이곳에서만큼은 발이 갑이다. 오래 서 있어도, 오래 신어도 발이 편한 구두. 눈부시게 화려하지 않아도, 눈에 띄게 특별하지 않아도 발을 편안하게 하는 신발을 만든다.

구두 만들기 외길 50년 동안 J 명장 손끝에서 그렇게 특별한 구두가 탄생하여 누군가의 발을 편안하게 해 주었다.

어린 시절, 집에서 학교까지 가려면 산길을 시오리나 걸어야 했다. 동장군이 유세를 떠는 한겨울, 그날은 눈까지 내렸다. 나는 천으로 된 군청색 운동화를 신고 학교에 갔다. 발끝에 찢어진 틈새로 눈이 들어와 아프도록 발이 시렸다. 앞으로 갈 수도 되돌아갈 수도 없는 그 눈길이 너무도 멀고 두려웠다.

어려운 일을 참고 견디는 인내를 그때 배웠지 싶다.

학교 가는 길 중간쯤 길모퉁이에 집 한 채가 있다. 이른 아침 소죽을 끓이느라 그 집 아궁이에는 벌겋게 등걸불이 타오르곤 했다. 간절한 마음으로 발을 동동거리며 길모퉁이를 돌았다. 늘 그랬던 것처럼 크게 벌린 아궁이 속에는 잉걸불이 이글이글 타오르고 있었다. 불꽃이 채 사그라지지 않은 숯불을 보는 순간 아, 눈물이 핑 돌았다. 아궁이 앞에 주저앉아 신발 속으로 들어온 눈을 털고 발을 녹였다. 금세 발이 따뜻해졌다.

그 집 아궁이에 불이 없었다면 내 발은 동상에 걸리고도 남았다. 그때 그 이름 모를 농가 주인이 눈물 나게 고마웠다. 살아오면서 내가 누군가에게 조금이라도 베푼 일이 있다면, 아마도 그때 그 농가 주인의 따뜻한 불 때문이다.

지금은 가뭇없이 추억만 남았지만, 그 길모퉁이 집은 눈에 선하다. 부챗살처럼 산이 에워싸고 침엽수가 하늘을 가리는 수림 속 작은 집은, 어느 화가가 그려놓은 수묵화처럼 내 가슴속에서 지워지지 않는다.

내가 천으로 된 운동화를 신고 학교 다닐 때쯤, J 명장은 더욱 편하고 튼튼한 가죽 신발을 만들기 위해 구두 만드는 기술을 익히고 있었을 것이다. 누군가의 발을 위해 오랜 세월 한눈팔지 않고 외길로만 걸었을 것이다.

우리 집 신발장에 J 명장이 만든 새 구두가 진열되었다. 그 신발을 볼 때마다 친정어머니가 떠오른다. 내 기억으로는 어머니 발엔 늘 고무신이 신겨져 있었다. 들일을 할 때는 검정 고무신, 외출할 때는 하얀 코 고무신을 신었다. 평생 좋은 구두 한 번 신어 보지 못한 어머니를 생각하면 내 발만 호사하는 것 같아 미안하다. 차마 새 구두 신기가 망설여진다. 오래도록 꼭꼭 숨겨 두고 싶은 심정이다.

'좋은 신발이 좋은 곳으로 인도한다' 고 누군가 말했다. 그래서 남편에게 좋은 구두를 선물했다. 그러나 남편도 나와 같은 기억이 있는지 선뜻 그 신발을 신지 못하고 신발장에 간직해 둔다. 딸아이에게도 다른 건 몰라도 신발만큼은 좋은 걸 신으라고 권하지만, 아직은 좋은 구두보다 예쁘고 저렴한 구두를 더 좋아한다.

하지만 나는 성수동 명장이 만든 좋은 구두를 신을 것이다. 먼 훗날 우리 딸아이 마음속에 예쁘고 좋은 신발을 신었던 엄마의 발을 기억하게 하고 싶다. 적어도 내 신발로 인해 딸애 마음이 아프지는 않을 테니까.

-2020. 한국산문

토란꽃

또 비 소식이 들려온다.

방학을 맞아 놀러 온 소은이를 데리고 비 오기 전에 고추를 따러 주말농장에 들렀다. 주말농장에서 처음으로 도라지꽃을 직접 봤다던 큰딸의 말이 생각이 나서, 소은에게는 일찌감치 도라지꽃을 보여주고 싶었다.

농장에 도착하자마자 도라지밭으로 소은이 손을 잡아끌었다. 묻지도 않고 궁금해하지도 않는데, 여섯 살짜리에게 도라지꽃을 설명해 주기에 혼자 바쁘다. 복주머니처럼 봉긋이 바람을 품고 있는 꽃망울을 손으로 톡톡 터뜨리면서 소은이보다 내가 더 신이 난다.

이른 봄 동하가, 유치원에서 가지고 온 가지 한 포기를 감자밭 이랑 끝에 심었다. 여름 내내 비실비실 몸살을 앓더니 느지막이 살아나 제구실하기 시작한다. 주렁

주렁 머리가 땅에 닿도록 물구나무를 섰다. 소은이는 신이 나서 오빠가 심어 놓은 가지 따기에 바쁘다.

고추밭 옆에는 초록빛 토란 잎이 열두 폭 치마를 펼쳤다. 가뭄이 들어 배배 꼬이던 토란 줄기가 장마철 물기를 흠뻑 머금더니 밭 전체를 초록빛으로 덮어놓았다.

올해는 고추도 풍년이다. 두벌 땄는데도 고랑에 바람 지나갈 틈도 없이 열렸다. 익은 고추는 제때 따 주지 않으면 터지고 병들고 시들해진다. 농작물을 제때 수확하는 것이 농부가 할 일이다.

고추를 따고 돌아오려는데 주인아주머니가 이것저것 챙겨서 고추밭으로 나오다 깜짝 놀란다. 무슨 일인가 다가갔더니 토란잎 사이로 봉화처럼 솟아오른 황금빛 꽃 한 송이가 보인다. 외대로 올라온 꽃 가운데 꽃술이 기둥처럼 서 있다. 범상치 않은 꽃이다. 기품을 지닌 황금빛 꽃송이에 서광이 비친다. 주인아주머니도 나도 처음 보는 토란 꽃 앞에서 망부석이 된다.

주말농장을 시작한 지 8년째, 해마다 밭 귀퉁이에는 토란이 무성했다. 올봄에는 주인아저씨가 토란 다섯 이랑을 심어 놓고, 우리보고 가을에 두 이랑을 수확해 가라고 했다. 간사한 게 사람의 마음이라더니, 우리 것이라고 선을 그어 주니 그곳에 갈 때마다 토란이 먼저 눈에 들어왔다. 마치 내가 심어 그만큼 자란 듯 마음이 으쓱했다. 그런데도 토란 꽃은 처음 본다. 어쩌면 눈여겨 보지 않는 틈을 타 남몰래 피고 졌는지도 모를 일이다.

꽃이라면 그저 좋아 죽는 나는 토란 꽃 앞에서 마음이 진정되지 않는다. 소은이를 꽃 옆에 세워 놓고, 30도가 웃도는 뙤약볕 아래에서 사진 찍느라 한참 동안 소란을 떨었다.

토란 꽃은 백 년 만에 피는 행운의 꽃이라고 한다. 꽃을 본 사람에게 행운을 가져다 준다는 속설도 있다. 그만큼 토란 꽃 피우기가 어렵다는 뜻일 것이다. 영상 25도 이상의 기온을 보름 정도 유지해야 꽃이 피고, 노란 속살을 보이면 금방 시든다고 한다. 쉽게 볼 수 없어 더 귀한 꽃일 수도 있다.

충분한 수분을 머금은 토란 잎 사이로 선선한 바람이 불어 주고, 거름을 듬뿍 준 주인아저씨 정성으로 꽃이 피었을 것이다. 농장 후미진 곳마다 꽃 등불을 밝히는데 토란 꽃인들 못 피우랴.

토란 꽃이 '행운'이라는 꽃말을 가지고 있다고 하니 사진을 인화하여 아주머니에게도 한 장 전할 생각이다.

'음악이 아름다운 것은 음표와 음표 사이의 거리감, 쉼표 때문' 이라고 한다. 올해도 간간이 쉼표 같은 행복 누리며 산다.

- 2020. 에세이포레(그린에세이)

오지의 봄

농번기 시작이라고 농장 주인아저씨가 기별을 보내왔다. 우리는 기다렸다는 듯이 서둘러 감자를 심으러 갔다. 주인아저씨는 어느새 밭을 가지런히 로터리를 쳐 놓고, 이만큼은 우리 몫이라고 선을 그어 준다. 우리는 이제 늦가을까지 요만큼의 땅임자 행세를 하며 분주히 오갈 것이다.

우선 이랑을 만들어 비닐을 씌우고 감자 심을 준비를 한다. 씨감자는 눈을 찾아 도려낸다. 작은 감자는 두 쪽으로 자르고 큰 것은 네 쪽도 가능하다. 씨감자는 어느새 오목한 씨눈마다 싹을 틔우고 있다.

밭둑에 심어놓은 매화나무 꽃망울이 하나둘 입을 열기 시작한다. 아직은 열일곱 살이다. 발그스름한 얼굴로 입을 꾹 다물고 있다. 그 꽃나무 아래 앉아 씨감자 눈을 자르고 있으려니, 저만치에서 비둘기 울음소리가 꾸꾸꾸 들려온다. 봄을 귀로 들으며, 감자가 풍년 들기를 바라는 마음으로 씨감자를 자른다.

3월 중순, 감자 심기에는 조금 이른 듯하지만 포근한 봄바람이 자꾸만 부추겨 얼른 심고 말았다. 주말농장의 봄은 이렇게 시작한다. 이제 고추와 고구마 아주심기가 끝나면 우리의 텃밭은 여름을 맞을 것이다.

헨리 데이비드 소로우는 '자신이 자연을 사랑하는 이유 중 하나는 자연이 인간 세상으로부터 멀리 떨어진 은신처이기 때문이다' 라고 한다. 이 주말농장도 나에겐 번다한 일상에서 멀리 떨어진 은신처다. 이곳에 오면 모든 잡념을 잊게 된다. 그저 기쁘고 마음이 한가하다. 이곳에서 온전한 기쁨을 누린다.

귓불을 스치는 봄바람이 슬며시 유년 시절을 소환한다. 고향의 봄이 눈물 나게 그립다.

산이 높은 오지 마을 내 고향은 봄이 늦게 온다. 긴 겨울이 끝나면 제일 먼저 봄을 알리는 것은 황사와 아지랑이다. 그때는 황사가 인체에 해로운 것인지도 몰랐다. 마을에 온통 누렇게 황사가 불어오면 봄이 왔구나! 오히려 반갑게 여겼다.

봄이면 아지랑이도 따라온다. 꽁꽁 얼어붙었던 산천에 따사로운 봄바람이 불면 땅 위에는 눈이 아른거리도록 아지랑이가 일렁였다. 공기가 불타는 것 같은 투명한 불꽃, 아지랑이가 타오를 무렵이면 엄마를 위해 내가 해야 할 일이 있었다. 바구니 들고 밭으로 나가 달래를 캐는 것이다.

달래를 캐 오면 환하게 웃어 주던 엄마의 모습이 좋아서 봄바람에 손 트는 줄도 모르고 벌판을 헤맸다.

달래는 이른봄 땅속을 헤집고 올라온다. 처음 싹이 올라올 때는 흙빛을 닮아서 얼른 알아볼 수가 없다. 바람이 싹을 흔들어 주지 않으면 쉽게 찾을 수 없다. 땅속에서 이제 막 촉을 내민 달래는 대가리가 크고 통통하다. 머리를 한 묶음으로 동여맨 어린 여자아이 말총머리처럼 귀엽다. 아직 이파리에 양분을 빼앗기지 않은 탓에 오동통한 달래 맛을 제대로 느낄 수 있다.

그렇게 오지의 봄은 아이들을 들로 밭으로 아지랑이 속으로 달려 나가게 했다. 친구들과 온 밭을 살피며 달래를 찾아다니던 그 시절이 아지랑이처럼, 오로라처럼 눈에 아른거린다.

농장 주인아저씨가 올해는 밭둑마다 달래를 많이 심었다고 한다. 조금 있으면 올라올 것이니 원껏 캐다 먹으라며 함박꽃 웃음을 짓는다.

봄에 나는 푸성귀는 모두가 보약이다. 겨우내 노지에서 찬바람 맞은 봄동에서부터 달래, 고들빼기, 냉이, 꽃따지, 파 시금치…. 대우주의 기를 흡수하며 추운 땅속에서도 꾹 참고 견뎌낸 힘이 봄나물에 스며 있다. 그래서 제철 음식을 많이 먹어야 몸의 원기도 살아난다. 우리의 몸은 대우주를 닮은 소우주인 까닭이다.

꽃샘바람이 심하게 불던 날, 외출에서 돌아오니 식탁 위에 대파, 시금치, 미나리 머위 잎이 가득 올려져 있다. 농장에서 보내온 봄 선물이다. 이제 막 기지개를 켜고 눈을 뜬 흙에서 대지의 정기를 흠뻑 머금은 푸성귀다.

서둘러 다듬고 저녁 준비를 한다. 무엇이든 대가 없이 베푸는 농부의 인정으로 새봄을 맞는다.

엄마처럼

"왜 전화했는가?"

"그냥요, 왠지 선생님께 전화하면 기운이 날 것 같아서요."

"오늘 김 회장 문학상 받는 날이지?"

"네, 그래서 선생님께 전화드렸어요. 엄마에게 고하는 심정으로요."

"그래 잘했다. 내가 친정엄마가 되어 주지."

걷잡을 수 없는 눈물이 물길을 낸다. 체면도 내던지고 한참 동안 전화기를 들고 소리 내어 울었다. 해명할 수 없는 슬픔이 내내 가슴을 짓누르고 있던 터에 '내가 친정엄마가 되어 주지' 한마디에 한꺼번에 와르르 무너진다.

문학 행사를 앞두고 문인회 회장이라는 책임이 내심

부담되었다. 모든 게 버겁고 힘들었다. 거기에다 문학상까지 받게 되니 마음에 부담이 두 배로 다가왔다. 행사에 앞서 여러 일로 에너지를 소모한 탓인지 참을 수 없는 서글픔이 목울대까지 차오른다.

제일 먼저 떠오른 분이 이영자 선생님이었다. 수필교실에서 만난 지 15년이 되었다. 작곡가로서 음악계에 거장이신 선생님은 살아온 길목이 남다른 분이다. 내가 감히 흉내 낼 수도, 가까이할 수도 없는 어려운 분임에도 불구하고 전화를 드렸다. 왠지 선생님이라면 내 마음 헤아려 주실 것만 같았다. 오늘만큼은 어떠한 실수를 해도, 경우에 맞지 않는 말을 해도, 나이에 맞지 않게 떼를 써도 무조건 내 편이 되어 줄 것 같았다.

선생님은 소리 내어 우는 나를 기다려 주셨다. 가타부타 이유도 묻지 않고 그저 끝까지 내 울음에 귀 기울여 주셨다. 돌아가신 엄마를 만난 것처럼, 수화기를 붙들고 한참을 그렇게 울었다…. 실컷 울고 나니 속이 시원했다. 그것으로 충분했다.

나 어릴 때 꿈은 화가였다.

무릎을 세우고 앉은 엄마는 밭고랑을 따라 호미질을 하고, 나는 그 밭고랑에 걸터앉아 턱을 괴고 말했다.

"어머이, 나는 이담에 구름 그림자까지 그리는 화가가 될 거여."

엄마는 그러자며 턱밑에 흘러내린 땀방울을 손등으로 씻었다. 말없이 호미질만 했다.

높은 산을 놀이터 삼아 넘나드는 구름이 엄마가 일하는 화전 밭고랑에 내려앉아 군데군데 짙은 그림자를 드리웠다. 그 풍경이 내게는 신비롭게 다가왔다. 왜 화가들은 구름 그림자까지 그리지 않을까 생각하며 어린 마음에 엄마에게 그렇게 꿈을 말했다. 가난이 무엇인지도 모르는 나는, 구름이 만들어 놓은 그림자처럼 엄마 얼굴에 드리워진 가난의 그늘을 읽지 못했다.

어렸을 때 그림을 잘 그렸다. 학교에서 유일하게 받아오는 상은 우등상도 아니고 개근상도 아니다. 그림 잘 그렸다고 받은 상장이 전부다. 그 외에 어떠한 상도 받은 기억이 없다. 지금도 내 친구들은 그림을 잘 그리는 아이로 기억해준다. 교실 맨 뒷줄에 앉아 친구들이 원하는 얼굴을 일일이 그려 주었다. 지금처럼, 미술학원이 다 개인지도다 그런 거 없이 순수한 상상으로 내 손끝에서 그려진 그림이기에 재능은 있긴 했나 보다. 하지만 나는 글 쓰는 사람이 되었다.

문학에 발 들여놓은 지 20년이 넘었다. 무엇을 바라

고 쓰는 것이 아니라 한 편씩 쓸 때의 즐거움은 나에게 또 다른 세계를 만들어 준다. 그 길은 내가 좋아하는 오솔길이기도 하고, 외로움과 고독의 세계이기도 하다. 아픈 곳을 치유하고, 고단한 삶을 견디게 해 주는 은신처 골방이기도 하다. 무엇을 바라거나 무엇이 되고자 이 길을 걸어왔다면 오래전에 포기했을 것이다. 그저 글 쓰는 것이 좋았기에 가능했다.

엄마에게 화가가 되겠다던 약속은 못 지켰지만, 문학상을 받는 것, 문학인으로 쉼표 하나 찍는 것으로 약속을 대신하고 싶다.

얼마나 울었는지 눈이 벌겋게 충혈되어 아리다 못해 쓰리다. 눈두덩이 개구리 눈처럼 수북하다. 곧 있으면 행사장에 가서 회장으로서 도리를 다해야 하는데 이 모양새로 나서기가 난감하다. 바람 쐬면 좀 나아질까 싶어 집을 나섰다.

하늘이 유난히 파랗다. 12월로 접어든 햇빛은 겨울 날씨답지 않게 따사롭다. 울어 아린 눈이 햇살을 받아 더욱 시리다. 바람결에 눈물 자국을 말리며 김밥을 몇 줄 사 들고 휘적휘적 걷는다.

미련 없이 옷을 벗어버린 앙상한 나뭇가지가 찬바람

에도 의연하다. 한 해를 마무리하는 경건한 모습이다. 그 앞에 서니 힘들다고 투정하는 내 존재가 하찮게 여겨진다. 전선을 타고 들려오던 이 선생님의 목소리가 다시 들린다.

"엄마라 생각하고 내 뒤를 밟아 와. 김 회장은 충분히 그럴 수 있어. 오늘 문학상 받을 자격 있고 훌륭해."

또 눈물이 난다. 말랐던 눈가가 다시 젖는다. 이만큼 나이를 먹어도 엄마라는 단어 앞에선 늘 어린애가 된다. 선생님의 위로 한마디에 모든 앙금이 사라지고 용기가 생긴다.

행사장에 도착하니 이 선생님이 반갑게 맞아 주신다. 한복이 잘 어울린다며, 행사 준비하느라 애썼다고 막내딸 반겨주듯 옷고름을 매만져 주신다. 단상에 올라가 문학상을 받는데, 구십을 바라보는 선생님이 자리에서 일어나 내 모습을 찍고 계신다. 그 모습을 바라보니 또 코끝이 찡해 온다. 정말 엄마가 와서 나를 지켜보는 것만 같다.

돌아오는 길, 이 선생님이 선물이라고 묵직한 가방을 손에 들려 주신다. 돌아와 열어 보니 아직 온기가 채 가시지 않은 가래떡이 들어 있다. 친필로 쓴 편지와 두툼한 봉투까지 챙겨 주셨다.

늦은 시간임에도 우리 가족은 둘러앉아 꿀에다 말랑한 가래떡을 찍어서 먹었다. 떡은 예부터 좋은 일에 만들어 먹는 음식이다. 경사스러운 일에는 떡이라는 음식이 큰 자리를 차지한다. 아마도 선생님은 그런 뜻에서 떡을 준비하셨을 것이다.

엄마처럼….

III. 남는 건 사랑

일제강점기도 겪고,
육이오도 겪고, IMF도 겪고, 신종바이러스도 겪은 후
마지막에 남는 것…

돌 맛 제법 달콤하다

김대규 선생님 돌아가시고 무기력증이 와서 만사가 시들해졌다는 수석 시인壽石詩人 문창 강 선생님은, 오늘도 수석을 들고 와서 세월의 무게를 덜어놓듯 나누어주신다. 김 선생님 생전에 그토록 애틋했던 두 분 사이를 알고도 남기에 그 허망한 마음을 막걸리 한 사발로 위로한다.

강 선생님은 엄지손가락만 한 몽돌을 주시면서, 주머니 속에 부적처럼 넣고 다니면 그 돌의 수명만큼이나 큰 힘이 되어 줄 것이라고 한다. 오랜 세월 부대끼고 시달려서 작아진 것이니, 몽돌은 작을수록 나이가 더 많단다.

이 작은 돌 나이가 어쩌면 부처님 나이와 동갑일 수도, 예수님 나이와 동갑일 수도 있으며, 그보다 더, 더 나이를 먹었을 수도 있단다.

그만큼 작아지려면 얼마나 오랜 세월 동안 모진 풍파에 시달렸을까….

돌은 마음으로 보면 맛있고, 눈으로 보면 멋있다는 돌 예찬에 귀 기울이며 봄밤을 보낸다.

문창 강 선생님의 돌 이야기에 귀 기울이기 전에는 돌을 찾아다니는 사람들을 시간 낭비하는 한심한 방랑자로 여겼다. 도대체 돌멩이가 뭐라고 저렇듯 광적으로 돌을 찾아 헤매는가 싶었다. 낭만적인 방랑자 수석인壽石人들의 깊은 예술혼을 이해하지 못했다.

수석의 정의를 보면 '대자연의 경치를 축소한 돌이나 형상을 닮은 돌, 또는 표면에 박힌 문양과 색깔이 아름다운 것, 자연 축경을 통해 상상을 일으킬 수 있는 돌을 말한다' 고 한다. 보는 이에게 무한한 상상력을 불러일으키는 돌의 문양에서 또 다른 세계를 만난다.

돌 속에는 봄도 있고 여름도 있다. 백설이 가득한 겨울 산도 있고, 어두운 산 위에 둥실 떠 있는 달도 있다. 산속을 가로지르는 한줄기 폭포수도 있고, 기다리다 지쳐 목이 길어진 여인도 있다.

자연이 그려 놓은 그림들이 모여 작은 여백에 한 폭

의 산수화가 그려진다. 아, 이런 맛에 돌을 찾아 헤매는구나. 이제야 수석인의 마음이 헤아려진다. 그들은 방황하는 방랑자가 아니라 돌을 통해 자연의 미학을 발견하고 승화시켜 즐기는 진정한 예술인이라는 것을.

나는 내가 그리울 때
혼자일 때 겸허하게 돌밭에 간다
숨겨둔 마음속 돌밭에서
마음 한 자락 열어 놓는다

돌밭은 잃어버린
나를 만나 되찾는 곳
돌은 내가 되고
나는 돌이 되는 곳…

(하략)

– 강영서 『마음속 돌밭에서』 중에서

강 선생님이 주신 수석은 우리 집 장식장 위에서 또 다른 풍경화를 그려 놓는다. 가끔 자연이 그리울 때, 돌 앞에서 멍 때리기를 한다. 눈으로 보면 멋있고, 마음으로 보니 맛있다.

돌 맛 제법 달콤하다.

– 2018. 인간과문학 가을호

육개장

분당에 사는 노 선배님 시모가 돌아가셨다. 연락받고 장례식장에 도착하니 선배님이 수척한 얼굴로 맞는다. 검은 상복을 입은 모습이 애처롭고 짠하다.

선배님은 오랜 세월 시부모님을 모시고 살았다. 긴 세월 함께한 정을 어찌 하루아침에 끊어 버릴 수 있겠는가. '아무리 잘해도 며느리는 딸이 될 수 없다' 고들 하지만, 수십 년을 함께 살다 보면 피붙이보다도 더 끈끈한 관계가 된다. 미운 정 고운 정 분별할 수는 없지만, 함께 부대껴 살아 본 사람만이 아는 사랑이 있다.

말을 많이 한다고 더 다정한 것은 아니다. 간단명료한 말로 격려해 주고 다독여 주는 선배님은 든든한 버팀목이자 믿고 기댈 수 있는 분이다. 아마 돌아가신 시모께서도 며느리의 든든한 보호 속에 위로받고 의지하고 사셨을 것이다. 딸보다 더 살가운 정 느끼며….

절을 하고 고인을 올려다보니 구순이라고는 하지만 고운 모습이다. 평생 받을 국화꽃을 한꺼번에 다 받은 듯, 장례식장은 빈 곳 없이 국화꽃으로 가득하다. 고인은 생전에 덕을 많이 쌓으셨나 보다.

고인께 예를 올리고 음식이 가득 차려진 밥상에 앉는다. 장례식 음식을 먹으면 복 받는다는 옛말을 굳이 들먹이지 않더라도, 왠지 장례식에 오면 밥은 먹고 가야겠다는 마음이 든다. 이 세상에 왔다가 마지막 돌아가는 길, 어떤 인연으로 문상을 오든 그 사람을 위해 차리는 마지막 밥상이기에 늘 밥을 달게 먹고 온다.

가신 분에 대한 예의라고 생각한다.

'생전에 덕을 많이 쌓으신 분의 장례식에 가면 음식 맛이 좋다' 는 옛말이 있다. 그래서인지 장례식에서 먹는 육개장 맛은 어디에 비할 데 없이 맛있다.

장례식 밥상에는 육개장을 빼놓을 수 없다. 간혹 된장국이나 맑은 뭇국이 나올 때가 있다. 그런 날은 은근히 서운하다. 구수하고 얼큰하게 끓여 내는 육개장 맛은 장례식이 아니고는 그 맛을 제대로 맛볼 수 없기 때문이다.

고인의 손자인 청년이 밥을 고봉으로 푸고 육개장을 넘치도록 퍼서 내 앞에 놓고, 많이 드시라고 인사한다. 밭에 나가 김매는 것도 아니고, 논에 나가서 모심는 농부도 아닌데 머슴밥처럼 푸짐하게 내온 청년이 야속했다. 밥을 남길 것 같아서다.

그런 마음도 잠깐, 육개장 맛이 그만이다. 고봉으로 푼 밥을 덜어 놨다가 야금야금 다 먹었다. 그득하던 육개장 그릇도 바닥이 났다. 내 식탐을 변명이라도 하듯 고인이 평소에 인정도 많고 덕을 많이 베푸셨나 보다고 너스레를 떨며 염치없이 그 밥을 다 먹었다. 고인의 마지막 가시는 길 무탈하시고, 극락왕생하시길 바라는 마음으로….

집에 돌아와 황금 레시피를 찾아가며 육개장을 끓였다. 장례식장에서 맛있게 먹었던 그 맛을 떠올리며…. 입맛 없을 때 육개장을 끓여서 먹으면 집 나간 입맛도 돌아오고, 허한 원기도 회복된다.

육개장을 큰 냄비에 가득 끓여 놓고 가족에게 선심 쓰듯 권한다. 맛있게 먹는 모습을 기대하면서, 또 가족들의 배를 든든하게 채워주기를 바랐다. 그러나 내 기대는 빗나갔다. 국이 줄어들지를 않는다. 맛있게 먹는 눈치가 아니다.

기왕 많이 끓인 것 이웃과 나누어 먹자고 한 냄비 퍼서 날랐다. 국물 한 방울도 안 남기고 다 먹었다는 기별이 왔다. 그 말을 꼭 믿어서는 아니지만, 육개장 끓인 보람은 있다.

육개장은 뭐니 뭐니 해도 장례식장 육개장 맛이 최고다.

– 2018. 현대수필 가을호(음식에세이 연재)

사리암의 봄

며칠 전 임지윤 도반에게서 연락이 왔다.

"사리암 가실래요?"

어디론가 떠난다는 것은 자유를 의미한다. 자연을 찾아 떠나는 길은 더욱 그렇다. 임 도반은 가끔 나를 혼잡한 현실에서 끌어내어 자연 속으로 등 떠밀어 주는 고마운 사람이다.

〈사리암〉을 그리워하는 도반 넷이서 첫새벽 SRT 고속열차를 타고 청도로 향했다.

서울에서 청도까지 버스로 3시간 거리인데, 고속열차는 1시간 30분 만에 동대구역 도착 예정이란다. 처음 타는 SRT 고속열차는 새로운 세상 같다. 비행기를 탄 듯 귀가 먹먹하지만, 문명이 만들어 준 기구로 인해 시간 보너스를 받는 기분이 나쁘지 않다. 마음은 어느새 SRT보다 더 빠르게 사리암을 향해 달린다.

동대구역에 도착하니 임 도반 언니가 마중을 나왔다. 생면부지인 우리를 사리암까지 데려다주겠다고 한다. 동대구역에서 사리암까지는 한 시간 거리, 모처럼 자연을 찾아온 손님이라고 빠른 길 두고 일부러 굽이굽이 산길로 돌아간다. 마을을 수몰시킨 운문댐을 끼고 천천히 페달을 밟는다. 청정지역 청도의 푸른 자연 속으로 풍덩 빠져 보라고 등 떠민다.

사리암 올라가는 산 중턱 주차장에 도착하니 청도에 사는 임 도반 언니들이 먼저 와 기다리고 있다. 여섯 자매 중 네 자매가 모였다. 임 도반은 그중 끝에서 두 번째다. 아들 낳으려고 낳다 보니 딸만 여섯을 낳았다는 임 도반 모친은 "내세에 다시 태어나면 아들만 열 명 낳겠다" 라고 하셨단다. 그만큼 아들 없는 서러움이 한이 되었을 것이다. "내세에 아들 열 명 낳으시면 이승에서 딸 여섯 낳은 것보다 훨씬 더 고충이 클 텐데 울 엄마는 이래저래 힘들겠다" 라는 임 도반 말에 우리 다 함께 웃었다. 웃음소리가 골 안을 우르르 뒤흔든다.

언니들은, 첫새벽 오느라 아침도 걸렀을 거라며 돗자리 위에 가득 음식을 차려 놓고 서로 권한다. 정답다.

임 도반 어머님은 자녀들을 위해 보험을 단단히 들어 놓고 가셨다 싶다. 그것도 한 계좌도 아니고 여섯 계좌나…. 이제는 친구보다 더 친구 같은 사이라면서 시간만 나면 함께 만나 몰려다닌다고 애틋한 우애를 보여 준다. 보는 내 마음도 부자가 된다.

출출했던 속을 든든히 채우고 가파른 산길을 따라 사리암으로 갔다. 골 안 가득 푸른 녹음이 사태가 났다. 이대로 어디만큼이라도 떠내려갈 듯 푸르고 푸르게 쏟아져 내린다. 아직 봄이라고는 하지만 이미 여름으로 치닫고 있다.

산 중턱에 있는 주차장에서도 한참을 더 걸어 올라갔다. 머리가 푸른 하늘에 맞닿을 때쯤에야 도착한 사리암은, 환하고 맑은 기운이 도는 곳에 그림같이 터를 잡았다.

뜰에 가지런히 놓여 있는 장독대 뒤로 호거산이 멀리 펼쳐진다. 아늑한 푸른빛이 사리암을 에워싸고 있다. 장대비처럼 쏟아지는 햇살이 장독대 위에서 물보라처럼 흩어진다. 잠깐 사이 내 몸 속속들이 초록 물이 들 것만 같다. 속절없이 마음이 흔들린다.

우리를 맞는 여승의 얼굴에 여드름이 빨갛게 돋았다. 한 떨기 목련꽃 같다. 하늘을 이고 피어난 붉은 해당화

같기도 하다. 앳된 그 눈동자는 어찌 그리 맑은지…. 나도 모르게 합장한다.

사리암은 청도 호거산 중턱에 있는 운문사 말사로 나반존자 기도처로 알려져 있다. 석가모니가 열반에 든 뒤 나반존자는, 미륵불이 세상에 나타나기까지 중생을 제도하려는 원력을 세우고 천태산 위에서 홀로 선정을 닦았다고 한다.

비구니만 기거하는 이 도량은 돌아서면 연신 부딪치는 물결처럼 신도들 발길이 끊이지 않는다. 그냥 짐 풀고 며칠 묵어가고픈 마음 간절하다. 아, 정말 그랬으면 좋겠다. 사리암이 온 마음을 붙잡고 늘어진다.

정성이 담긴 담백한 점심 공양을 마치고 사리암을 떠났다. 내려오는 길에 운문사와 내원암까지 들렀다 올 수 있는 행운을 얻었다. 운문사 마당에는 커다란 법고法鼓가 있다. 장삼 자락을 펄럭이며 마음 심心자로 법고춤을 배우는 스님의 춤사위를 한참 지켜보다 왕복 SRT 고속열차표 시간에 쫓기어 동대구역을 향해 발길을 돌렸다.

임 도반의 언니가, 굽이굽이 돌아오던 그 길을 다시 돌아 동대구역까지 태워다 주었다. 잘 가라고 벚꽃 피는 이른 봄에 또 오라고 손 흔들어주던 그 모습에 울컥 깊은 정 묻어난다. 오늘 처음 만났는데도 이웃처럼 살갑게 맞아 준 언니들, 함께 간 도반들, 새로운 인연에 감사하며 세상은 혼자가 아니라 더불어 살아야 행복하다는 것을 새삼 깨닫는다. 사리암의 봄 끝자락도 오래도록 내 기억에 남을 것이다.

– 2018. 여행문화

남는 건 사랑

추앙은 아무나 받는 것이 아니다.
추앙은 아무에게나 하는 것도 아니다.

작곡가 이영자 선생님이 반포동 '화이트힐스' 자택으로 수필교실 문우들을 초대했다.

언덕 위에 5층 건물 하얀 집이 우뚝 서 있다. 코로나 19가 시작하기 전 오래된 집을 헐고, 90을 향해 새로 지은 집이다. 얼마 전에는 지하에 '영아뜰리에홀'을 개관했다. 작고 아담한 홀이지만 선생님의 예술혼을 마음껏 표출할 수 있는 공간이다.

우리 일행이 우르르 들어서니 선생님이 함박웃음으로 맞는다. 단아하게 틀어 올린 머리에 초록빛 원피스를 입은 모습이 오늘따라 더욱 돋보인다. 식탁 위에는 한식

뷔페가 정갈하게 준비되어 있다. 보기만 해도 식욕이 돋는다. 약식, 김밥, 잡곡밥, 더덕구이, 병어포구이, 황태구이, 불고기, 잡채, 나물, 우엉볶음, 물김치…, 여기에 와인까지. 이 많은 음식을 선생님이 손수 준비하였다는 것에 감동하며 두 손을 모은다.

선생님은 외교관 아내로, 오랜 세월 여러 국가를 다니셨다. 외국인을 대접하느라 익힌 한식 요리솜씨가 남다르다. “외교관 아내는 아무나 하는 게 아니야, 우리나라 음식도 두루 섭렵해야 하는 거지.” 늘 말씀하시던 것을 직접 눈으로 보니 몸소 실천하는 선생님이 하늘 높이 우러러 보인다.

93세면 1세기를 살아오신 어른이다. 일제강점기도 겪고, 육이오도 겪고, IMF도 겪고, 온갖 신종바이러스도 겪어온 분이다. 그뿐만 아니라 여러 나라를 거치며 한국을 알린 분이다. 얼마 전 코로나19에 감염되어 죽을 고비를 넘겼다며 힘없이 말씀하기도 하셨지만, 여전히 건재하고 열정적인 선생님은 1세기의 역사를 간직한 위대한 박물관이다.

선생님은 학창시절 손톱 밑에 피가 맺히도록 피아노를 친 열정으로, 프랑스 파리 국립고등음악원과 뉴욕 맨해튼 음대, 벨기에 브리쉘 왕립음악원을 거쳐 프랑스

파리 IV-소로본 대학에서 음악학으로 D.E.A. 학위를 취득하였다. 대한민국 작곡상 최우수상, 대한민국 문화예술상, 서울시 문화상, 3 · 1 문화상, 한국음악상 대상 수상, 은관문화훈장을 수훈하였다. 이화여대 음대교수, 한국여성작곡가회 설립 및 초대회장, 한국음협 부이사장, ACL 한국위원회 회장을 역임하였고 현재 대한민국 예술원 회원으로 있다. 2020년에는 미국 줄리아드에서 20세기 여성 작곡가 32명 중 10명 안에 추천되었다. 10명 중, 생존해 계시는 분은 이영자 선생님 외 단 두 명 뿐이라고 한다.

이렇게 선생님 약력을 나열하는 것은, 남다르게 훌륭한 분이라서 추앙하는 것이 아니라는 것을 말하고 싶은 까닭이다. 그 빛나는 업적 속에 숨어 있는 선생님의 따뜻한 인성과 소박한 삶을 추앙한다.

문학잔치 때면 직접 약밥을 만들어 오기도 하고, 선뜻 지갑을 열어 문우들 주머니 사정을 헤아려 주신다. 작곡할 때마다 떠올린 영감으로 목걸이를 만드는데, 문우들에게 특별한 일이 생기면 그걸 선물로 주신다. 세상에 단 하나뿐인 목걸이는 문우들 가슴에서 서로 다르게 빛을 낸다. 나처럼 부족한 사람도 딸처럼 어여삐 여겨주고 이유 없이 누구를 비난하거나 업신여기지 않는다.

선생님은 5층 건물 계단을 손수 걸레질하신다고 한다. 남부러울 것 없는 분이라 당연히 인부를 시켜 계단청소를 할 줄 알았다. "나도 살림하는 여잔데 허투루 살림하지는 않아." 날마다 1인 2, 3, 4역으로 집안일 다 하며 작곡을 하신다. 그렇듯 자신에게는 인정 없이 하면서도 남에게는 많이 베풀고 한없이 배려하는 선생님을 추앙한다.

나도 4층 계단청소를 한다. 힘들고 번거로워 업체에다 청소를 맡기고 싶었다. 선생님이 직접 계단청소를 한다는 이야기를 듣고 생각이 바뀌었다. 그 연세에도 걸레질하시는데 내가 무슨 대단한 사람이라고 남에게 청소를 맡기나 싶어 마음을 접었다. 그렇게 누군가의 엇나가는 생각을 바로잡아 주고, 언행일치로 몸소 실천하는 선생님을 마음속 깊이 추앙한다.

선생님 댁 건물 안에는 해외에서 들여온 물건, 선물받은 작품, 직접 구매한 작품들이 진열되어 있다. 선생님의 안목으로 고른 작품들로 온 집안이 빛난다. 그중에도 가장 으뜸은 선생님이 직접 그린 그림이다. 한국화와 서양화에 이르기까지…. 글과 작곡은 제쳐두고라도 선생님이 그린 그림을 보는 순간 타고난 그 예술적 감각에 놀라지 않을 수 없다. 그럼에도 선생님은 부끄러워 그림에 낙관을 찍지 않았다고 하신다. 그 겸손함을 남몰래 추앙한다.

선생님은, 마지막 남은 숙제는 천상병의 '귀천'을 작곡하는 것이라고 한다. 천상병은 못생겼지만, 내면적인 순수함이 분명 있을 것이라고, 그 무엇인가를 지향하는 진실한 내면을 찾아 오선지에 그의 깊은 뜻을 선율로 그려내고 싶다고. 참으로 어려운 숙제지만 꼭 숙제를 마치고 싶다고 하신다.

나 하늘로 돌아가리라

새벽빛 와 닿으면 스러지는
이슬 더불어 손에 손을 잡고

나 하늘로 돌아가리라
노을빛 함께 단둘이서
기슭에 놀다가 구름 손짓하면은

나 하늘로 돌아가리라
아름다운 이 세상 소풍 끝나는 날
가서, 아름다웠노라고 말하리라….

– 천상병 「귀천」

선생님의 마지막 숙제가 완성되어 음악계에 빛나는 별이 되길 바라며, 우리는 점심 식사가 끝나고 오랜 시간 선생님과 이야기를 나누었다. 많은 이야기 중에 유독 가슴에 머무는 말이 있다.

"내가 말이야 구십을 넘게 살아보니 결국 마지막에 남는 것은 사랑이더란 말이지."

우르르 몰려와 준 것이 고맙다고, 울컥 눈시울을 붉히는 선생님, 그 모습에서 더없는 사랑을 본다.

'마지막에 남는 것은 사랑이었노라' 는 선생님을 영원히 추앙한다.

- 2022. 현대수필 겨울호

아깝지 않아

귀뚜라미가 합창한다.

주차장 구석에 화분을 몇 개 놓아 두었더니 꽃나무 그늘에 숨어서 불가마 더위를 이겨냈나 보다. 목이 터지라 계절을 알리는 그 미물의 노랫소리에 잠시 귀를 적신다. 하늘은 높고 바람은 서늘하다. 동동거리며 볶아치는 동안 어느새 가을이 돌아와 내 곁을 맴돈다.

올여름은 유난히 더웠다. 백몇십 년 만의 더위라 했던가. 그런 더위 속에서도 늘 100미터 달리기를 한 탓인지 몸도 마음도 지치고 꼼짝도 하기 싫다. 끼니때가 되면 무엇을 해 먹을까 걱정부터 앞선다. 이럴 때 우렁각시라도 나타나면 얼마나 좋을까 하는 실없는 생각도 한다.

오랜 세월 동안 스스로 우렁각시가 되어 살았다. 끼니때마다 밥상을 차려 놓고 가족들 건강을 기원했다. 가족들은 내 수고를 너무나 당연하게 받아들이고, 아무렇지도 않게 식사를 한다. 나이 탓인지 남몰래 섭섭하다. 조건 없이 걸어온 그 길에 싫증이 나고, 이제는 게으름까지 찾아와 놀자고 한다.

축 처진 몸으로 외출에서 돌아오니 택배가 와 있다. 내가 시킨 적 없기에 보내온 이의 이름을 찾으니 어디에도 없다. 혹시라도 나를 위해 남편이? 아이들이? 하는 기대로 상자를 열어 본다. 눈부신 황태 양념구이가 한가득 들어 있다.

고마운 이의 정체를 알고 싶어 택배기사에게 전화했더니 곧 알려 주겠다며 전광석화처럼 전화를 끊는다.

프라이팬에 구워서 고추장 양념만 바르면 근사한 즉석요리가 된다는 설명서를 읽으니, 한순간 저녁 반찬 걱정이 사라진다. 누구이기에 이렇듯 지친 내 마음을 헤아려 주는지, 궁금증은 자꾸 더해만 간다. 이름을 밝히지 않은 거로 보면 우렁각시임이 틀림없다고 오만 가지 상상을 한다. 자신의 이름을 감추고 선행을 베푸는 이가 누군지, 어느 배려 깊은 선인善人이기에 이렇듯 내 마음을 설레게 하는지…. 주책없이 뒷짐을 지고 왔다 갔다 하는데 택배기사가 ○○○가 보냈다고 이름을 알려 준다. 서둘러 전화를 걸었다. 전선을 타고 해맑은 웃음소리가 들려온다.

"무더운 여름 나느라고 선배님 입맛 없으실 텐데, 한번 드셔 보시라고 보냈어요."

뜻밖에 우렁각시 정체를 알고 나니 그녀가 더없이 고맙다. 누군가를 위해서 나를 희생하는 것은 여간 힘든 일이 아니다. 그녀는 내가 힘들어 할 때 손잡아 준 사람이다. 내 힘듦보다 더 힘든 처지에 있음에도 불구하고 나를 돕기 위해 두 손 잡아 준 사람이다.

좋은 사람과 함께 가는 길은 힘들지 않다. 그것이 가난과 함께 가는 길이든, 먼 여행길이든, 어느 조직을 이끌고 가는 길이든…, 그저 든든하다.

나를 위해 밥상 차려 주는 우렁각시는 없지만, 함께 손잡아 주는 글벗이 있으니 세상 견딜 만하다. 아주 힘이 난다. 이제 또 달리기할 힘이 충전되었다. 오늘도 내 일도 기약 없이 달릴 수 있을 것만 같다.

그녀를 떠올리며 넓은 프라이팬에 식용유를 두른다.

잘 손질된 황태를 뜨거워진 프라이팬에 조심히 눕힌다. 지글지글 제 몸을 달군다. 두어 번 뒤집어 굽다가 어느 정도 익어 갈 즈음 양념장을 골고루 펴 발라 약한 불에 다시 굽는다. 식욕을 돋우는 빨간 고추장 양념이 코를 자극하며 노릇하게 구워질 때쯤 접시에 얌전하게 담는다. 먹기 좋게 가위질하여 놓으니 영락없는 밥도둑이 된다. 저녁상이 풍성하다.

우렁각시가 보내온 황태 양념구이는 제 몸 달구어 여름내 허덕이던 나의 원기를 북돋우어 준다. 거기엔 그녀의 따뜻한 마음 씀이 배어 있기에 더욱 그러하리.

사랑하는 사람에게는 무엇을 주어도 아깝지 않다. 고마운 사람에게는 더 그렇다. 나에게 그녀는 더욱 그렇다.

- 2019. 현대수필 가을호(음식에세이 연재)

텃밭 가로등

오랜 가뭄 끝에 단비가 내린다.

늦장마가 시작되더니 며칠 내린 비로 인해 산천이 물기로 가득하다. 빗물에 상추가 녹아버리기 전에 뜯어 올 마음으로 주말농장에 들렀다. 여전히 산비둘기 울음소리 구성지고 농작물은 제 빛깔대로 잘 자라고 있다. 요 며칠 내린 비에, 다 말라가던 고추가 본능적으로 꽃을 피운다. 가지 끝까지 새하얗다. 고드름처럼 쪼록쪼록 매달린 고추가 부지런히 몸집을 키운다. 올해는 고추를 더 사지 않아도 김장하기 충분하겠다.

가지는 가지가 휘도록 물구나무를 섰다. 고구마 덩굴은 이랑을 덮어 제 영역을 지키고, 강낭콩은 볼록볼록 배가 불렀다.

농장 주인아저씨는 올해도 변함없이 밭 가장자리마다 꽃을 심었다. 어느 결에 봉숭아꽃이 벌어 꽃등을 켠다. 채송화도 송골송골 하늘바라기를 한다. 노랑, 빨강, 주황, 하양…. 고 앙증맞은 작은 얼굴이 동그랗게 원을 그리며 빤히 쳐다본다. 도라지꽃도 볼이 터지도록 꼭 다문 입을 하나둘 열기 시작한다.

해바라기는 밭둑을 빙 둘러 병풍을 쳤다. 농작물을 향해 가로등처럼 불 밝힌다. 커다란 입을 둥그렇게 벌리고 하회탈처럼 크게 웃는다. 그 모습을 마주 보고 있으려니 나도 허리를 잡고 박장대소하고 싶다. 눈물 나도록 웃어 본 날이 언제였던가….

토종 해바라기는 손이 닿지 않을 만큼 키가 자란다. 바지랑대처럼 우뚝 솟아 태양을 닮은 커다란 꽃을 피운다. 그 어느 꽃보다도 늠름하고 우아한 자태를 가졌으면서도 잘난 채 뽐내지 않는다. 이름은 해바라기지만 고개를 아래로 숙이는 겸손한 땅바라기다. 꽃 지고 나면 씨앗까지 식용으로 아낌없이 내주는 꽃이다. '숭배와 기다림' 이라는 꽃말처럼 묵묵히 농장 가로등 되어 옥빛 하늘을 배경으로 그림을 그려 놓는다. 그 그림 아래 넋 놓고 앉아 허공에다 낙관을 찍는다.

'한 알의 사과 안에는 온 우주가 담겨있다' 고 한다. 해바라기 씨앗 하나하나에도 그럴 것이다. 과부하된 잡념과 늘 바쁘게 서성이는 마음을 잠시 멈추고 수많은 우주가 담긴 해바라기를 바라본다. 번다한 일상으로 부대낀 마음에 여백이 들어와 앉는다.

헨리 데이비드 소로의 『월든』에 보면 '다른 곳에서 인간 세상의 왕이 되기보다는 차라리 야생 숲에서 학생이 되고 자연의 아이가 되고 싶다' 고 쓰여 있다. 나도 이 작은 영토에서 자연의 아이가 되고 싶다.

찬바람이 이는 늦가을, 주말농장에 갔던 남편이 묵직한 검은 봉지를 건네준다. 씨앗을 털면 한 되나 될 만큼 큰 해바라기다. 적당한 길이로 목이 잘린 해바라기를 꽃병에 꽂아 반 고흐 해바라기 모작 그림 곁에 놓았다. 반 고흐 그림이 무색할 만큼 오묘한 빛을 발한다. 씨앗을 가득 품은 벌집 같은 해바라기는 또 다른 가을이 되어 겨우내 그 자리에서 불 밝힐 것이다.

– 2021. 에세이포레(그린에세이 연재)

봄 갤러리

봄이 막바지로 치닫고 있다. 봄꽃 나무들은 이미 꽃잎을 접은 지 오래다. 진달래, 개나리, 목련화, 벚꽃…. 꽃으로 서로 다름을 분별하던 꽃나무들은 벌써 초록빛으로 평준화가 되어있다. 저 나무가 산벚꽃 나무였던가? 저 나무는 산목련이었던가? 푸르러진 산속의 꽃나무들은 이미 과거형으로 제 이름을 숨긴다.

올봄도 그렇게 무심히 가고 있다.

며칠 전 '봄 갤러리' 개관기념 초대전에 관람 가자는 글벗의 전갈을 받고 사뭇 설레었다. 어떤 작품이 전시될까도 궁금하고, 무정하게 가는 봄의 아쉬움을 그림으로라도 위로받고 싶었다.

우리가 도착한 곳은 안양시 수리장애인종합복지관 4

층 '봄 갤러리' 다. 갤러리에 들어서니 따뜻한 공기가 슬며시 손을 잡아끈다. 갤러리라고 하기엔 다소 협소한 공간이지만, 소박하면서도 정감이 간다.

〈소울음아트센터〉에서 주최하는 그림 전시회 '소울음-봄이 오다', 2021년 제41회 장애인의 날을 맞아 열린 초대전이다. 전시 작품들은 장애인 작가들이 그렸다.

그림을 보는 순간 놀라웠다. 하나같이 수작秀作인 까닭이다. 입으로 그린 그림, 가슴으로 그린 그림, 아픔으로 그린 그림, 희망으로 그린 그림, 행복으로 그린 그림…. 어느 것 하나 모자라는 그림이 없다.

한 점 한 점, 온 힘을 다해 그렸을 작품 앞에서 수 없는 느낌표를 찍으며 말을 아낀다.

그림을 감상하다 어느 청각 장애 작가 그림 앞에서 마음이 멎는다. '행복한 돌고래들' 이라는 작품이다. 돌고래 두 마리가 푸른 바닷속에서 함박웃음을 짓는 행복한 모습을 그렸다. 그 표정은 그 누구도 표현해낼 수 없는 오직 이 작가만이 만들어 낼 수 있을 것 같은 특별한 느낌을 받았다. 청색으로 채색된 푸른 바다 빛도 독특하고 아름다웠다. 돌고래를 바라보는 내 입꼬리는 귀에 걸려 내려올 줄 모른다. 그림이 이렇듯 행복을 줄 수 있구나 싶어, 누군지는 몰라도 작가의 마음이 고스란히 전해지는 듯하다.

그림 감상을 하고 나서 우리는 '수리장애인복지관' 관장님 사무실로 안내받았다. 관장님 사무실에 들어서니 커다란 창문에 한 폭의 거대한 산수화가 걸려 있다. 수리산 줄기인 '토끼 산'이라고 한다. 창을 열고 손을 뻗으면 잡힐 거리에 버티고 서있는 토끼 산은 창 너머에서 철마다 다른 빛깔로 풍경화가 되고 있었다.

자연이 그려 놓은 사월의 풍경화를 바라보며 긴 시간 동안 관장님과 이야기를 나누었다.

정년이 십 년 남았다는 관장님이 커피를 직접 갈아 내려 준다. 바리스타 못지않은 실력이다. 커피와 뜨거운 물이 적절한 온도로 만나기 위해 기다리는 동안, 그윽한 커피 향기에 취한 우리는 토끼처럼 쫑긋이 귀를 세우고 이야기 속으로 한없이 빠져든다.

장애인복지센터 관장으로 살아가는 이야기, 장애인 사랑 외길, 천사 같은 아내를 만난 행운까지, 차창을 스쳐 가는 가로수길처럼 긴 여정을 풀어 놓는다. 문학인보다 더 문학인다운 분이라는 생각이 들었다.

관장님이 여기까지 걸어올 수 있었던 것은 인생의 조언자이며 훌륭한 스승이었던 중학교 때 교장 선생님을 만난 덕분이라고 한다.

관장님은 금수저로 태어나 할아버지, 아버지, 교장 선생님의 뒷배경으로 학창 시절을 기고만장하게 보냈다고 한다. 안하무인인 자신을 어느 날 교장 선생님이 따로 불러 산속으로 데리고 갔다. 나무가 무성한 산에 이르자 굽은 나무와 올곧게 잘 자란 소나무를 가리키며 "너는 나중에 집을 지을 때, 기둥으로 어느 나무로 쓰고 싶으냐?" 라고 물었다. 당연히 곧은 소나무로 쓸 것이라고 대답하니까 "그렇지! 곧은 나무는 당당하게 기둥으로 쓸 수 있지만, 굽은 나무는 서까래나 잡다한 것밖에 쓰임이 없단다." 훌륭한 사람이 되려면 곧은 나무처럼 올바른 사람이 되어야 한다고, 자신의 방자함을 바로잡아 주었다고 한다. 깨달음을 얻은 후부터 모범생이 되어 지금까지 장애인을 위해 일하며 열심히 살아왔다고 한다. '사람은 누구를 만나느냐에 따라 인생이 달라진다' 라는 말이 진리인가 보다.

관장실을 나오니 어느새 전시장은 텅 비어 있다. '소울음아트센터' 김 대표님만 우리를 기다리고 있다.

관장님 이야기를 듣는 내내 '행복한 돌고래들' 이 눈에 아른거렸다. 그림을 판매하느냐는 질문에 작품을 사 주면 작가에게 큰 힘이 된다는 대표님 말씀에 조심스럽게 그림값을 묻고, 얼른 돌고래 그림에 빨간색 리본을 붙였다.

얼마 전 TV 홈쇼핑에서 하나에 수십만 원을 웃도는 명품 스카프를 판매했다. 간사한 게 마음이라고 했던가. 상품 안내자의 맛깔난 설명에 이끌려 꼭 하나쯤은 목에 두르고 싶은 마음이 간절했다. 이 나이 먹도록 검소하게 살아왔으니 까짓거 하나 나에게 선물해도 되지 않겠느냐고, 마음속으로 수없이 뇌까리면서도 선뜻 행하지 못했다. 포기하고 나서도 한참 동안 여운이 남았다.

오늘, '행복한 돌고래들' 그림 앞에서 망설임은 오래 가지 않았다. 행복을 나눌 수 있는 지출이라면 그 어떤 명품을 소유하는 것보다 더 뜻깊고 값진 선택이다.

며칠 후면 돌고래들은 우리 집으로 올 것이다. 생각만 해도 마음 가득히 차오르는 이것은 분명 행복일 것이다. 돌고래 그림은 내 마음에 최고로 아름다운 명품이 되어 줄 것이다. 문득, 내 눈과 마주칠 때마다 웃음을 주는 따뜻한 위로가 되어 줄 것이다.

누군가에게는 힘이 되고 나에게는 행복이 되는 지출은 일상의 모든 시름을 품절시킨다. '행복한 돌고래들'은 열심히 살아온 나에게 주는 최고의 선물이다.

– 2021. 화요문학

칠장사의 가을꽃

안성시에 있는 〈칠장사〉에서 '어사 박문수 전국백일장'이 열렸다. 매년 치르는 이 행사에 심사위원으로 와 달라는 전갈을 받았다. 그 어려운 심사를…. 덜컥 약속하고 나니 후회와 걱정이 앞선다.

개막식에 늦지 않게 와 달라는 주최 측과의 약속을 지키기 위해 새벽에 길을 나섰다. 안양에서 안성까지 한 시간 남짓한 거리지만 언제 무슨 일이 벌어질지 몰라 시간을 넉넉하게 잡았다.

천년고찰 칠장사에 들어서니 발 디딜 틈 없이 가을꽃이 무성하다. 왜 가을꽃은 아름다우면서 또 그리 애잔한지, 까닭을 모르겠다. 찬바람에 더욱 붉어진 꽃빛이 애처롭기까지 하다. 일일이 어루만져 주고 싶다.

산사를 에두른 산야에는 막 단풍이 들기 시작한다. 안개가 채 걷히지 않아 물기 젖은 풍경이 반가운 사람처럼 다가와 안긴다. 이 떨림을 어떻게 설명할 수 있을까.

먼저 대웅전에 들러 108배를 올렸다. 공정한 선택을 할 수 있는 혜안을 달라고 기도했다. 좋은 글을 잘 가려내어 후회 없는 심사를 할 수 있도록, 지혜를 얻고자 머리를 조아렸다.

서두른 덕에, 심사위원장으로 함께 간 윤재천 교수님과 우리 일행은 주지 스님과 마주 앉아 차를 마실 수 있었다. 차茶실엔 다기가 정갈하게 놓였고, 가부좌를 틀고 앉은 스님은 시종일관 환한 웃음을 지었다. 어린아이처럼 맑은 웃음이다.

사찰하면 먼저 떠오르는 것이 녹차다. 우리는 으레 녹차를 줄 것으로 생각했다. 그런 생각을 깨뜨리고, 스님은 장삼 자락을 펄럭이며 커피콩을 핸드밀에 쓱쓱 갈고 있다. 이어 적당한 물 온도를 맞추어가며 능숙한 바리스타처럼 커피를 내려 다기에 담는다. 그 이색적인 모습에 우리 일행은 마주 보고 웃었다. 그동안에 가지고 있던 고정관념이 사라지는 순간이다.

주지 스님은 빙그레 웃으며, "녹차를 드릴 줄 알았지요?" 한다. 우리의 속내를 들켜버렸다.

"네, 스님은 커피를 좋아하시나 봐요."

스님은 잠시 웃음기를 거둔다.

"나는 좋고 싫은 것이 없습니다. 좋은 게 없고 싫은 게 없으니 미움도 없고 서운한 것도 없지요."

"저희는 녹차를 주실 줄 알았어요."

"예전에는 커피가 흔하지 않았으니 녹차만 취급했지, 요즘은 모든 사람이 커피를 좋아하니 어찌합니까, 좋아하는 거로 대접해야지요."

"절이 온통 꽃으로 가득한데 어떻게 이렇게 많이 심으셨어요?"

"대중이 꽃을 좋아하니 심지요. 하나둘 심다 보니 이렇듯 사찰이 꽃밭이 되었습니다."

"꽃을 가꾸시느라 힘드시겠어요?"

"꽃을 보고 사람들이 좋아하니 힘든 건 없습니다."

"네, 가을꽃이 정말 예뻐요."

"꽃은 가만히 그 자리에 있어서 더 이쁜 겁니다."

좋은 게 없고 싫은 게 없으니 미움도 없고 서운한 것도 없다는 말, 사람들이 꽃이 예쁘다고 해서 꽃을 자꾸만 심게 되었다는 말, 꽃은 가만히 있어서 더 예쁘다는 말이 내 마음에 찡한 파문을 일으켰다. 가만히 있어서 더 존경받고 가만히 있어서 더 아름다운 사람이 있다는, 비유처럼 들렸다. 가슴에 쿵 하는 깨달음을 얻는다.

박문수 전국백일장은 전국의 중·고등학생에게 장학금과 상금을 지원하여 대학 진학에 도움을 주는 행사다. 이날은 천여 명에 가까운 지원자들이 대웅전 뜰을 가득 메웠다. 공연장에 몰려드는 열광 팬 못지않다.

시제를 발표하자 학생들은 시제에 맞은 글을 쓰기 위해 가랑잎처럼 흩어진다. 저마다 생각이 분분해서 마치 과거를 치르는 듯하다.

심사는 법당에서 했다. 부처님이 내려다보고 계셔서 절로 마음이 숙연했다. 작품이 많아 시간이 턱없이 부족했지만, 안성 문협 문인들까지 총출동해 좋은 작품 선정을 위해 마음을 기울였다.

한참 원고를 읽고 있는데 스님이 들어와 심사를 일찍 끝낸 운문 심사위원들과 이야기를 나눈다. 온종일 들어도 지루할 것 같지 않은 스님의 말씀에 온통 마음이 그쪽으로 기운다. 문장 하나도 머리에 들어오지 않는다.

"저… 스님, 한 말씀 올리겠습니다."

"예, 말씀하십시오."

"스님 말씀이 하도 좋아서 그쪽으로만 마음이 가 있어 글이 눈에 들어오지 않습니다. 수필은 가슴으로 읽어야 우열을 가려낼 수가 있습니다. 말씀 중에 죄송합니다."

주지 스님이 얼른 자리를 뜬다. 큰스님에게 무례를 한 것 같아 내심 마음이 무겁다.

다행히 심사가 잘 마무리되어 제시간에 시상식을 할 수 있었다.

막 칠장사를 나서는데 주지 스님이 합장하고 다가온다. 백일장 뜻깊은 인연의 법석을 위해 애써 주어 고맙다고 예의 그 미소와 함께 악수를 청한다.

"스님, 죄송합니다."

"옛! 뭐가 죄송합니까."

"아까 스님 말씀 중에 감히 조용히 해달라고 무례를 하였습니다."

"왜 그걸 아직도 들고 있습니까. 나는 그런 거 들고 있지 않습니다. 내려놓고 사십시오."

스님은 합장하고 장삼 자락을 펄럭이며 멀어져 간다.

쿵!

가끔은

나는 지금 하늘과 맞닿은 곳에 있다.

양화대교, 서강대교, 마포대교가 환히 보이는 여의도 IFC빌딩 37층 스카이라운지에서 세상을 내려다본다.

한강 물줄기가 한눈에 들어오고, 유람선이 장난감처럼 강물을 따라 헤엄친다. 멀리 서울타워는 엎어놓은 은종처럼 반짝이고, 남산은 뒷동산처럼 낮다. 모든 것이 작고 아늑하게 한눈에 들어오는 것은 지금 내가 있는 이곳이 얼마나 높은가를 말해 준다. 이곳에서 내려다보는 세상은 낯설고 아름답다. 오지에 살다가 번화가 한복판으로 나온 듯, 더할 수 없이 신비롭다.

오늘 이렇게 멋진 곳에서 점심을 먹게 된 것은 순전히 J 선생님 덕이다. 이런 장소는 대단한 사람들이나 오가는 곳이라 여겼고, 남들 일이라 생각했다. 어딘가 부담스럽고 남의 옷을 빌려 입는 것 같아 관심을 두지 않았다. 가끔은 나도 이런 호사를 누려보고는 싶다. 열심히 살아온 것에 대한, 검소하게 살아온 것에 대한 대가로 한 번씩은 나에게 이런 선물을 주고 싶다. 하지만 오늘은 내가 나에게 주는 상이 아니라, J 선생님 때문에 호강한다.

얼마 전 J 선생님으로부터 연락이 왔다. 이런저런 일에 대한 고마움으로 점심을 사겠다고 한다. 도움받는 쪽은 언제나 내 쪽인데 말이다. J 선생님은 말이 별로 없고 어려운 분이라, 거절할까도 생각했다. 하지만 내 생활신조가 그렇다. 누군가가 불러주었을 때 부득이한 사정이 없는 한 거절하지 않는다. 불러주는 이가 시간이 남아돌아서, 돈 쓸 곳이 없어서 그러는 게 아니라는 것을 알기 때문이다. 고마운 마음에 염치 불고하고 초대에 응했다.

커다란 창가에 자리가 예약되어 있다.

엉거주춤 서 있으려니까 예쁜 아가씨가 와서 의자를 살며시 잡아 끌어 준다. 이런 호강이 낯설어 쭈뼛거리며 그녀를 바라본다. 주문서를 안고 허리를 굽혀 바라보는 그녀의 눈빛이 보석처럼 빛난다. 창가로 들어온 햇빛에

반사된 그녀의 눈동자에 아주 수줍은 여인이 앉아 있다. 몸에 익숙하지 않은 어색함에 몸 둘 바를 모르는.

이어 주문받고, 드라마 속에서나 있을 법한 근사한 음식이 내 눈앞에 놓인다. 살아 움직일 것 같은 샐러드가 꽃처럼 피어 은백색 그릇에 담겨 있다. 같은 푸성귀라도 이렇게 담겨 나오니 엄청나게 대단한 것 같다. 같은 땅에서 자랐어도 어느 음식점으로 가느냐에 따라 우아할 수도, 소박할 수도 있다는 생각이 든다.

스테이크가 살짝 핏물을 머금고 커다란 접시 한가운데 가부좌를 틀고 앉았다. 형형색색의 채소 호위를 받는 것이 왕좌에 앉은 군왕 같다. 그 작은 고깃덩어리 앞에 왜 내 마음은 주눅이 드는지 모르겠다.

'우아하게' 는 나와 거리가 멀다. 포크 나이프가 서툴러 아예 오른손으로 스테이크를 잘라 놓는다. 자르는 내내 접시에 부딪는 칼질 소리가 신경 쓰인다. 세련되게 먹으려고 해도 자꾸 다람쥐처럼 볼이 볼록해진다.

상대방 체면도 세워 주고 예의도 지켜야 하는데 살아온 천성이 고것밖에 되지 않으니 딱한 노릇이다.

이제는 편안한 게 좋다. 사람도, 음식도, 옷도…. 그저 편안한 게 좋다.

메인 음식이 끝나고 어느 유명한 예술가의 작품인 양

후식이 요염하게 내 앞에 놓인다. 차마 상처 내기가 아까울 만큼 어여쁘다. 커피잔은 또 어찌나 깔끔하고 현대적인지. 이건 음식이 아니라 화가가 그려 놓은 한 폭의 그림이다. 섣불리 손댈 수 없는….

오늘 하루 드라마 속 주인공이 되어 아주 어색한 연기를 하며 오랜만에 고급한 사치를 누린다. 새삼 연기자들이 대단하게 여겨진다.

커피가 다 식도록 선생님과 마주 앉아 세상 돌아가는 얘기를 한다. 우리나라의 발전에 대해, 여의도의 변화에 대해 내가 연신 질문을 한 까닭이다. 선생님은, 우리나라가 얼마나 살기에 좋은 나라이고 얼마나 잘 사는 나라인지를 정작 한국 사람들만 모른다고 한다.

여의도는 한국경제의 중심지고, 사통팔달의 교통 요지이며, 한국의 맨해튼이라 할 만큼 높고 웅장한 빌딩 숲이 장관을 이룬 곳이다. IFC는 동북아 금융허브 도시로의 도약을 목표로 건설된 오피스타워, 서울국제금융센터, 호텔, 쇼핑몰의 복합단지다. 이곳에 와보니 우리나라가 얼마나 대단한 나라인가를 가슴 떨리게 실감한다. 전쟁으로 폐허가 되었던 서울이 60여 년 사이 이렇듯 변화한 것에 대해, 앞서가는 대한민국이 자랑스럽고 대단한 것에 대해….

무엇이 나를 행복하게 하는가. 살면서 고마움을 많이 느낄수록 더 행복해진다고 한다. 꼭 모든 것을 누리고 살아야 행복한 것은 아니지만, 가끔은 일상에서 벗어나 문명이 만들어 놓은 명소도 찾아보고, 가보지 않은 자연을 찾아 나서기도 하고, 오늘처럼 좋은 분과 만나 허심탄회 웃어 보는 것도 좋겠다.

나에게 주는 상으로 가끔은 우아한 곳에서 좀 익숙하지 않더라도 고급한 음식을 먹으며 일탈을 꿈꾸는 것도 좋으리.

가끔은….

– 2018. 현대수필 봄호(음식에세이 연재)

불모지에서 핀 꽃

가끔, 김연아 피겨스케이팅 동영상을 찾아 다시 본다.

영상을 보고 있으면 환희가 가슴 가득 차오른다. 피나는 노력의 결과가 얼마나 찬란한지, 벅차게 실감한다.

2010년 밴쿠버 동계올림픽에서의 김연아 승리는 아직도 감동으로 남아 있다. 밴쿠버 올림픽에서 금메달, 소치 올림픽에서 은메달, 그리고 오랜 선수 생활에서 은퇴하기까지 온 국민에게 뜨거운 선물을 안겨 준 김연아 선수가 진정 고맙다.

김연아 선수는 불모지에서 핀 꽃이다. 넘어지고 엎어지며 아프게 피어난 자랑스러운 꽃이다. 모진 시련을 겪고 세계의 환호 속에 금메달을 목에 건 위대한 꽃, 기적의 꽃이다.

김연아와 아사다 마오의 만남은 숙명 같은 것이다.

그들은 주니어 시절부터 서로 경쟁하며 기술을 익혔다. 마오는 12살에 이미 트리플 악셀을 성공시켰지만, 연아는 트리플 점프 기술이 부족해서 마오에게 늘 뒤졌다. 마오는 정부의 충분한 지원을 받아 쑥쑥 컸지만, 연아는 국가 지원금도 제대로 받지 못했다. 날이 엇나간 스케이트 때문에 넘어지고 다치기 일쑤였다. 그래도 좌절하지 않고 연습에 연습을 거듭, 트리플 악셀에 성공한다.

연아는 서서히 세계 펜들의 마음을 사로잡았고, 드디어 2006년, 마오를 앞지르기 시작한다. 항상 높은 평가를 받던 마오에게 위기가 찾아온 것이다. 귀여운 이미지에서 야성적 이미지로 새롭게 변신하지만, 연아의 예술적 표현력을 따라잡을 수 없었다. 연아의 자리는 흔들림 없이 견고했다.

밴쿠버 올림픽의 기적을 떠올리면 아직도 가슴이 떨린다. 경기 영상을 도돌이표처럼 보고 또 본다. 아무리 봐도 감동이 줄지 않는다.

그날 김연아는 음악과 하나 되어서 예술적 표현에 집중했다. 마치 한 마리 백조처럼 빙판을 질주했다. 반면에 마오는 새로운 기술과 과감한 변신을 선보였다. 서로를 향한 최고의 도전이다.

쇼트 프로에서 김연아는 78.50을 받았고, 마오는 73.78을 받았다. 4점, 마오에게 희망의 점수 차이일 수도 있다.

금메달이 결정되는 날, 쫓는 아사다 마오와 앞서가는 김연아의 경기는 손에 땀을 쥐게 했다.

연아는 프리에서 3회전 연속 점프를 시작으로 갈고닦아 온 연기력을 과감하게 보여주었다. 중반 하이라이트 30초간 스텝, 마지막 점프까지 7개의 점프를 완벽하게 성공시킨다. 어느 것 하나 흠 잡힐 데 없이 완벽히 끝을 냈고 150.06이라는 최고 점수를 받는다. 쇼트프로그램에서 받은 78.50을 합산, 228.56이라는 높은 점수로 세계 신기록을 세운다. 마오는 김연아에게 30점이나 뒤졌고, 2등에 머무른다. 경기장에는 연아를 향한 기립박수와 환호성이 오래도록 울려 퍼졌다.

자랑스러운 태극기가 맨 위에서 올라가고 연아도 제일 높은 단상에 우뚝 선다. 연아는 울었다. 불모지에서 핀 꽃은 그렇게 애국가와 함께 기쁘게 울었다. 위대한 눈물이다.

오늘도 나는 이 감격스러운 장면을 보고 또 본다.

김연아는 피겨 여왕이 될 수밖에 없는 또 다른 이유가 있다. 점프도 명품이고 아름답지만, 나는 그녀의 '유나 스핀연아 스핀'을 좋아한다. 카멜 스핀은 허리를 옆으로 T자 모양으로 하고 도는 것이다. 연아는 이를 변형해서, 돌다가 허리를 뒤로 젖히고 T자로 돌아간다. 누구도 흉내 낼 수 없는 고난도 자세이고, 신비로움 그 자체다. 짧은 순간이지만 보고 있으면 경이롭기 그지없다. 연아가 만들어 낸 연아만이 할 수 있는 기술이다.

처음엔 누구도 이 기술을 따라 하지 못했는데 지금은 '유나 스핀'이라는 이름으로 많은 선수가 이 기술을 익히고 있는 모양이다. 연아는 '유나 스핀'이라는 브랜드를 남겼다. 세계적이고 역사적인 일이다.

점프도 잘하지만, 연아가 너무 잘해서 쉬운 기술이라고 오해받기 쉬운 '이나 바우어InaBauer'는 앞에 놓은 다리는 굽히고 뒤에 놓은 다리는 펴서 두 발의 스케이트 날을 평행하게 만든 상태로 빙판을 활주 하는 것이다.

이나 바우어는 처음 기술을 발명한 사람의 이름이다. 김연아 이름을 딴 '유나 스핀' 처럼. 이 기술이 어려운 것은 온몸을 뒤로 구부리며 질주해야 하기 때문이다.

세계를 더욱 놀라게 한 것은, 연아는 이나 바우어+더블 악셀이 가능하다는 것이다. 이나 바우어를 끝내고 바로 이어 이중 악셀로2회전 반 회전 마무리한다. 어려운 기술을 너무도 자연스럽게 하고 있어 쉽게 지나칠 수도 있지만, 나는 이 장면에서 가장 많은 도돌이표를 쓴다.

이 모습은 한 마리 백조가 비상을 하는 것처럼 보인다. 조금도 흐트러지지 않는 고난도의 춤사위다. 연아만이 표현할 수 있는 아름다움이다. 이나 바우어를 할 때 연아의 표정은 우아하고 부드럽다. 세련되고 자연스러운 연기력에 감탄하지 않을 수 없다. 손끝, 눈빛, 몸짓 모두가 예술이다.

오늘도 나는 연아의 피겨스케이팅을 즐긴다. 명품 점프를 즐기고, 유나 스핀을 즐기며, 이나 바우어를 즐긴다. 불모지에서 핀 위대한 꽃을 감상한다. 내 생애 다시 없는 고마운 선물이다.

IV. 봉정암 미역국

봉정암 미역국에선 오묘한 맛이 난다.
소박하고 담백한 산 냄새가 난다.

건물 고치는 사람들

우리 집 앞, 건물 지하에 설비업체가 이사 왔다. 새벽이면 일하러 갈 채비를 하는 아저씨들로 부산하다. 까치가 울어대듯, 아침마다 골목에 생기가 돈다. 트럭이 골목을 막아서기도 하고, 새벽 단잠을 깨우기도 하지만, 왠지 그들의 부지런함에 온기를 느낀다.

2층 베란다에서 내려다보면 여러 가지 장비가 가득 실린 트럭 안이 한눈에 들어온다. 일일이 이름은 알 수 없지만, 하루 동안 소용될 장비임에는 틀림이 없다.

저물녘이면 일터로 갔던 그들이 돌아온다. 덜커덩 쾅쾅 장비 내리는 소리가 요란하다. 그 소리가 하루를 갈무리하는 자명종 소리 같다. 아침과 달리 고단하고 지쳐 보이긴 하지만, 최선을 다한 그들에게서 진정한 땀의 의미와 건강한 삶의 모습을 본다.

트럭이 엔진 소리를 크게 내며 골목을 벗어날 즈음 나의 일상도 시작된다. 거실문을 열고 베란다에 쪼그리고 앉아 차를 마신다. 전에는 안양천 공원의 풍경을 내려다봤는데, 요즘은 부산한 골목에서 삶의 단편을 기웃거리며 하루를 시작한다. 허름한 작업복에 연장을 챙겨서 일터로 가는 사람들을 보고 있으면, 장 지오노의 『나무를 심은 사람』이 떠오른다.

주인공인 양치기 엘제아르 부피에는 해발 1,300미터 높이, 나무라고는 한 그루도 없는 황무지에서 가축을 기르며 살고 있다. 하나밖에 없는 사랑하는 아들을 잃고 부인마저 잃었다. 그 고독을 헐벗은 산에 나무 심는 일로 이겨낸다.

그는 흙바람만 풀풀 날리는 불모지에 날마다 도토리나무를 심는다. 저녁이면 도토리를 물에 불려 다음 날 좋은 것으로 100개를 골라 산에 심는다. 씨앗을 심는다고 해서 다 싹이 트는 것은 아니다. 싹이 나와도 들짐승들이 갉아먹거나 비바람에 유실되기도 한다. 온전하게 자랄 수 있는 나무는 몇 그루에 지나지 않는다.

그렇게 30년이 지나자 10만 그루의 도토리나무와 너도밤나무로 황무지는 거대한 수목원이 된다.

더욱 놀라운 것은 부피에가 그것에 대해 어떠한 권리

를 주장하거나 대가를 요구하지 않는다는 점이다.

물이 없어서 꽃 한 송이 피울 수 없던 황무지는 그의 노력으로 인해 꽃 피고 물 흐르는, 새가 우짖는 울창한 나무숲이 되었다. 숲을 본 기관 직원이나 마을 사람들은 저절로 천연 숲이 되었다고 좋아한다. 오히려 부피에에게 숲이 위태로울지 모르니 불조심하라고 권고한다.

황무지가 숲으로 변하자 마을을 떠났던 사람들이 다시 찾아든다. 부피에 노인은 그것으로 만족했다.

오랜 세월 엘제아르 부피에를 지켜본 화자와, 조건 없이 나무를 심은 주인공 부피에는 책을 읽는 내내 감동을 주었다. 마지막 책장을 덮기가 아쉬웠다.

외출에서 돌아오니 남편이 반색하며 반긴다.

앞집 설비업체 아저씨가 우리 집 계단 벽면에 못을 박아 주고 갔다는 것이다. 오래전부터 계단 벽면마다 작은 액자를 걸고 싶었다. 그러나 딴딴한 벽에 못을 박으려면 드릴을 사용해야 했다. 엄두가 나지 않아 차일피일 미루었는데 그것을 아저씨가 해결해 주었다.

건물 계단 벽면마다 액자를 걸었다. 시화전 때 출품한 작품들이다. 아는 시인에게 한 점씩 선물 받은 작품도 있고, 떼를 쓰다시피 안고 온 작품도 있다. 아저씨 덕분에 우리 집 계단에는 시인들의 속삭임이 끊임없이 수런거린다. 나만의 소박한 갤러리가 완성되었다.

계단을 내려오면서 알 수 없는 행복에 젖는다. 말없이 못을 박아 준 그 손길이 후미진 곳에 등불을 밝혔다.

오늘도 베란다에서 쭈그리고 앉아 차를 마신다.

건너편 건물 외벽에 페인트 통, 고무통, 부댓자루, 사다리, 빈 깡통들이 쌓여 있다. 지저분하다. 저것들만 깨끗이 치우면 우리 골목이 깨끗하고 환할 텐데, 하는 생각을 안 해 본 것은 아니다. 불만을 선뜻 내보일 수 없는 건 그것들이 고단한 삶의 흔적인 까닭이다. 가족을 위해, 어느 불편하거나 위험에 처한 건물을 위해 온몸으로 일하고 있는 사람들의.

그들은 남부럽지 않은 기술을 가지고 있다. 아픈 사람을 치료하는 의사처럼, 고장 난 건물을 고쳐주는 훌륭한 기술자다. 그들이 없다면 노화된 건물을 누가 고칠까. 황무지를 대자연으로 만든 부피에처럼 묵묵히 세상을 아름답게 만드는 사람들이다.

– 2022. 창작산맥 봄호

옥상 위의 화심和心

간장은 음력 정월에 담가야 좋다. 굳이 날을 잡지 않아도 되지만, 옛 선조들은 십이지十二支 중에 말午날을 간장을 담는 길일吉日로 여겼다. 가장 정갈한 마음과 깨끗한 물, 좋은 소금, 잘 뜬 메주와의 만남을 원칙으로 한다. 그만큼 정성을 담아야 한다는 뜻이다.

올해도 옥상에는 정월에 담근 간장이 진한 커피색을 띠며 잘 익어 가고 있다. 지난해에 담근 된장은 곰삭아 그 맛을 더하고, 새로 담근 고추장도 제법 맛이 들었다.

직접 담가 먹는 된장 맛은 남다르다. 그렇다고 누구나 된장을 담글 수 있는 조건이 되는 것은 아니다. 된장처럼 때와 장소를 엄격히 따지는 음식도 없다. 너그러울 것 같으면서도 은근히 까다로운 존재다.

된장은 햇빛이 잘 들고 서늘한 곳을 좋아한다. 항상

청결해야 하며, 무엇보다도 지나치게 뜨거운 곳에 두면 본연의 맛을 잃을 수도 있다. 중요한 미생물이 죽어버리기 때문이다. 간도 적당히 맞추어야 한다. 너무 짜도 맛이 없고, 싱거우면 맛이 변한다. 기온이 잘 맞아야 된장 맛도 좋고 오래 보관할 수 있다.

오래전에 된장을 실패한 적이 있다. 처음에는 맛이 좋아 기뻤다. 기쁜 마음도 잠깐 어느 여름날 옥상에 올라가 보니 불볕 열기에 말라버린 된장은 맛이 써서 먹을 수가 없었다.

도시의 열기는 대단하다. 우리 집 옥상 한여름 온도는 섭씨 40도가 넘는다. 오존층 파괴로 예전보다 더 뜨거울 수도 있다. 섭씨 40도가 넘으면 중요한 미생물이 죽어버리기 쉽다. 강렬하게 내리쬐는 태양열을 온종일 받아들이면 투박한 항아리라도 손바닥을 댈 수 없을 정도로 뜨겁게 달아오른다. 그러면 된장의 본연의 맛을 유지하기 어렵다.

그렇게 달려들던 쇠파리가 먼저 알고 떠났다. 아쉽고 안타까웠지만, 그 많은 걸 모두 버릴 수밖에 없었다.

그 이후, 된장이 익으면 한여름이 오기 전에 김치 냉장고에 보관한다. 그러나 뭔지 석연찮다. 된장은 예의

항아리에서 곰삭아야 제맛이 나기 때문이다. 항아리는 된장을 보관하기에 아주 적당한 그릇이다. 투박하지만 된장이 숨 쉴 수 있는 조건이 있기 때문이다.

그해도 간장을 뜨고 된장을 항아리에 담아 옥상에 두고 맛이 들 때까지 익히고 있었다. 혹시 빗물이 들어갈까 싶어 된장독보다 더 큰 항아리 뚜껑을 덮었다. 그리고 몇 날 며칠을 잊고 지내다가 문득 생각나서 옥상에 올라갔다. 무더위가 계속되던 차라 또 실패할까 걱정하며 얼른 항아리 뚜껑을 열었다. 다행히 서늘한 온도가 유지되고 있었다. 커다란 항아리 뚜껑이 그늘을 만들어 주어서였다. 적당한 온도에 곰삭은 된장 맛은 일품이었다. 그때 비로소 깨달았다. 적당한 그늘이 된장의 미생물을 지켜준다는 것을.

지금은 옥상에 된장 항아리가 사계절 고르게 숨 쉬고 있다. 지혜는 거저 얻어지는 것이 아니다. 실패와 아쉬움과 쓰라림을 겪어야 얻을 수 있다.

SNS에 실린 글 중에 된장에서 배우는 지혜가 있어 내 마음을 보태본다.

된장은 화심和心이다. 화심은 어떤 것과도 어울려 조

화를 이루어낼 줄 아는 덕을 말한다. 된장이야말로 어떤 음식과도 조화를 이룰 줄 안다. 그렇게 되기까지는 오랜 시간 곰삭아야 한다. 하루 이틀이 아니라 오래도록 침묵하며 기다려야 한다. 된장은 선심善心이다. 맵고 독한 맛을 부드럽게 만들어주기 때문이다. 모든 음식과 조화를 이루는 맛이다. 그런 까닭인지 된장에 고추가 들어가면 더욱 감칠맛이 난다.

된장은 무심無心이다. 각종 병을 유발하는, 좋지 않은 기름기를 없애 준다. 몸에 이롭지 않은 것을 해독한다. 요즘처럼 기름진 음식이 난무하는 시대에 꼭 필요한 음식이다. 된장은 항심恒心이다. 항심은 세월이 흘러도 변치 않음을 말한다. 된장이야말로 오랜 세월이 흘러도 변함이 없으며 더욱 깊은 맛을 낸다. 된장은 단심丹心이다. 다른 음식과 섞여도 결코 자기 맛을 잃지 않는다. 찌개를 끓여도, 나물을 무쳐도 단연 된장 맛이 우선이다. 진주가 흙탕물 속에 있어도 진주이듯이 된장이야말로 세계가 인정하는 독창성을 가진 음식이다. 우리나라 한글처럼.

내 손으로 직접 담가서 익어 가는 과정을 지켜보며, 된장에 대한 지식을 얻는다. 우리나라 음식 중에 이렇듯 깊은 맛을 내는 된장이 있다는 것에 감사한다.

인간관계도 된장 같은 만남이 좋다. 옥상에서 묵묵히 태양과 바람과 그늘과 비와 눈과 쇠파리와 어울려 조화를 이루는 화심 같은 된장, 인간관계도 이처럼 내면의 조화로움으로 곰삭았으면 좋겠다.

- 2015. 현대수필 가을호(음식에세이 연재)

멍때리기

밤 1시가 넘어 텔레비전 채널을 돌리니 EBS에서 '가만히 10분 멍' 이라는 프로가 나온다. 우거진 숲이 난반사되는 빛으로 가만가만 흔들리고, 조용히 그 숲을 지나가는 동물들의 움직임이 느리게 무한 반복된다. 한참을 가만히 지켜보았다. 10분 정도 지나니 프로는 중지되고 일상적인 방송으로 돌아온다. 그 십 분 동안은 머리가 멍하게 정지된 느낌이다.

요즘은 '멍때리기' 가 논쟁거리가 되고 있다. '멍때리기' 는 정신이 나간 것처럼 넋 잃은 상태를 이르는 신조어다. 그로 인해 '물멍, 꽃멍, 산멍, 불멍, 숲멍…' 이라는 신조어까지 나왔다. 여기에 더해 '멍때리기 대회' 도 있다. 2014년 10월 27일, 서울시청 앞 잔디밭에서 제1회 '넋 놓고 먼 산 바라보기' 대회가 열렸다. 심장박동

수를 측정하고 관람하는 시민의 투표수에 따라 우승자를 뽑았다고 한다.

멍때리기는, 거미줄처럼 얽히고설킨 일상에서 쉴 틈 없이 가동되는 뇌의 움직임을 잠시 쉬어주는 비움의 운동이다. 한순간 마음을 멈추고 아무 생각 없이 있는 것이 뇌 건강에 도움이 된다니 가끔 나도 생각을 멈추어 볼 때가 있다.

뇌는 20대부터 퇴화하기 시작한다고 한다. 뇌의 노화를 막아 주는 가장 큰 효능은 물이란다. 몸에 물이 부족하면 가장 먼저 노화가 오는 게 뇌라고, 물을 수시로 먹어 주면 치매를 막는 데도 도움이 된다고 하니 흘려들을 일은 아니다.

다음은 수면이라고 한다. 잠을 충분히 자야 뇌의 건강에 좋다는데, 누구나 아는 사실이지만 요즘처럼 바쁜 시대에 잠을 충분히 자는 것은 불가능이다. 불야성을 이루는 현시대는 잠 부족 시대가 맞다. 출퇴근하는 직장인은 일찍 자고 일찍 일어나기가 쉽지 않다. 늦게 자고 일찍 일어나야 하므로 늘 잠이 부족할 수밖에 없다.

잠 부족을 대신해서 '멍때리기' 라는 치료법이 생겼다. 눈 뜨고 아무런 생각을 안 하기란 쉽지 않다. 눈 감고 있어도 끊임없이 무엇인가를 생각하게 되고 마음이 분주하기 마련이다. 그 복잡한 일상을 잠시 쉬어가는 길이 멍때리기라니, 실없기는 하지만 일리는 있다.

때때로 생각을 멈추게 하는 뇌의 휴식이 필요한 시대다. 서두른다고 모든 일이 해결되는 것도 아닌데 조급증이 이는 것은 무엇 때문일까. 정동원이 부르는 가요 노랫말처럼 '마음에 여백'이 없는 까닭이다. 잠 부족을 위해 멍때리기를 하든, 물 부족을 위해 물을 마시든, 지나치게 과하지 않으면 좋겠다.

나도 가끔 어항 앞에서 앉아 '물멍' 할 때가 있다. 새로운 일상이 시작되는 이른 아침에 거실로 나오면 어항에 구피가 물방울을 튀기며 반긴다. 조그만 녀석들도 눈이 있는지, 나만 보면 치고받고 몰려든다. 밥을 주고 턱 괴고 앉아 그 미물의 생존경쟁에 한참 물멍을 하다 보면, 그 순간만큼은 잠시 마음이 생각을 멈춘다.

화분 앞에 앉아 꽃멍을 하기도 한다. 명절에 김 선생님이 보내오신 황금빛 호접난 곁에 앉아 꽃송이 하나하나에 눈 맞추다 보면 슬그머니 마음이 한가해진다. 한결 정신의 가벼움을 느낀다.

반려 화초들은 나에게 샘물 같은 에너지를 준다. 거

실문을 열어젖히고 밤새 추위에 떨지는 않았는지, 나 몰래 새 움은 돋지 않았는지, 목말라하는 놈은 없는지 한참을 앉아 꽃멍을 하다 보면 나도 모르게 그들 속으로 스며든다.

우수가 지나자 식물들 움직임이 달라진다. 겨우내 입 꾹 다물고 침묵하던 군자란이 주먹만 한 꽃대를 쑥 올린다. 거실 구석에서 쪽방살이 하듯 겨울을 난 금전수에도 새끼손가락만 한 촉이 서로 다투며 올라온다. 그들의 봄맞이가 세상 그 어느 것보다도 놀랍고 기쁘다. 하루에도 몇 번씩 들여다보고 매만져 준다.

봄이 왔다고 수런거리는 그들이 어느 날 문득 꽃 피우는 것은 아니다. 촉 하나 올리고 꽃대 하나 올리려면 겨우내 온 힘을 다해 닫힌 시간을 견뎌야 한다. 그리고 봄이 오면, 긴긴 침묵 속에서 한기를 참아 낸 멍때리기가 결코 헛되지 않았다고 말한다. 참고 견딘 끝은 아름다운 것이라고 몸으로 보여 준다.

오늘도 멍때리기로 잡다한 생각을 비워내고, 문득 분주한 일상으로 돌아간다. 또 하루 열심히 살기 위해 물멍, 꽃멍으로 하루를 연다.

– 2021. 현대수필 봄호

선 긋기

안양 〈관악백일장〉 행사가 있어 중앙공원에 왔다.

우르르 몰려온 학생에게 원고지와 볼펜을 나누어 주며 일일이 눈을 맞춘다. 생글거리는 여학생 입술이 하나같이 철쭉꽃처럼 볼그족족하다. 그중에는 빨간 입술연지를 진하게 바른 학생도 있다. 교복 치마 길이는 왜 그리도 짧은지….

앳된 얼굴에 화장을 뽀얗게 한 학생들을 보니 문득 지난날이 생각난다.

고등학생이었던 딸아이가 눈썹을 그렸다는 이유로 학생과에 불려 간 적이 있다. 화장한 것도 아니고 눈썹 끝부분만 살짝 그린 것뿐인데, 학생 신분을 벗어났다는 이유로 종일 벌을 섰다. 딸아이는 잘못을 인정하지 않았고, 결국은 학부모인 내가 찾아가서 선생님에게 싹싹 빌고 딸아이를 데리고 왔다.

집으로 오는 내내 서운함으로 속이 시끄러웠다. 한 번쯤 훈계로 넘어가 주어도 좋았을 일이다. 눈이 벌겋도록 운 딸아이를 볼 때, 선생님 따귀라도 갈겨주고 싶은 심정이었다. 당신이 뭔데 금쪽같은 내 새끼 눈에 눈물 나게 하느냐고, 눈썹 좀 그린 게 뭐 그리 야단맞을 짓이냐고 멱살이라도 잡고 싶었다. 그러나 선생님 그림자도 밟아서는 안 된다고 배웠기 때문에, 딸아이 보는 앞에서 비겁하게 선생님 편에 서고 말았다.

차라리 선생님과 내 생각이 같다고 해야 혼란도 덜할 것이고, 온종일 벌 받은 것도 덜 속상할 것이라는 생각이기도 했다.

돌아오는 길, 그림자처럼 따라오는 딸아이가 측은했다. 조금이라도 더 예뻐 보이고 싶은 사춘기 마음을 엄마인 내가 몰라주면 누가 알아줄까.

딸애에게 지나가는 말처럼 중얼거렸다.

"학창 시절에 학생과 한두 번 불려 가는 건 대수도 아니야. 나쁘지 않아. 덕분에 엄마도 좋은 경험했다."

그날 밤, 딸아이는 반성문을 써서 나에게 주었다. 엄마에게 미안한 마음을 담은, 긴 편지였다. 편지지가 눈물로 얼룩져 있었다. 자신이 보는 앞에서 손이 발이 되도록 비는 엄마를 바라보며 마음 아팠을 것이다.

그런 일이 있고 나서 딸아이는 전학을 요구했다. 눈 마주치고 공부할 수 있는 선생님다운 교사가 없는 곳에서 더는 공부하기 싫다고 몸져누워 시위했다.

불과 십여 년 전의 일이다. 지금은 학교도 학생도 많이 변했다. 자기 빛깔을 표현하는 일에 주저 없는 요즘 아이들을 보며, 알게 모르게 억압되어 살아온 내 아이를 생각한다. 조용히 타일러도 알아들었을 텐데, 친구들이 보는 앞에서 가슴에 상처가 나도록 야단해야 했는지. 지난날 교육방침이 나쁘다고는 할 수 없지만 옳다고도 할 수 없다.

요즘은 어디까지 선을 그어놨을까. 어디까지가 허용이고, 어디까지가 금기인지 알 수 없다. 아이들 모습을 보면 헐겁게 선을 그어 놓은 것만은 확실하다. 십 년 후에는 또 어디까지 금기 선이 그어질까.

한창 호기심 많은 나이다. 화장을 안 해도 꼬집어 주고 싶을 만큼 예쁜 얼굴이지만, 더 예뻐지고 싶어 화장하고 치마 길이를 올리고, 염색한다.

언젠가는 수줍게 깨달을 일을 굳이 기성세대가 억압적으로 선 긋기를 할 필요는 없지 싶다. 실컷 해 보고 나서야 무엇이 옳고 그른 것을 알기에 때로는 팔짱 끼고 수수방관 지켜보는 것도 나쁘지 않겠다.

백일장에 앞서 행사 의례가 진행되었다. 학생들은 집중하지 못하고 시끌벅적 떠들어댄다. 축사, 격려사, 시제詩題를 내는 지부장 인사말이 이어지는 동안, 묵묵히 경청하는 학생은 한 명도 없다. 우! 하고 야유까지 보내며 지루하다는 표현을 유감없이 드러낸다.

아침 조회 시간, 교장 선생님의 길고도 긴 훈화를 듣고 자란 나에겐 그들의 거침없는 행동이 그저 신기했다. 그래도 하나 같이 밝고 예쁘다. 자기 생각을 유감없이 표현하는 우리나라 미래의 기둥들! 우리 세대는 참는 것에 익숙했고, 그들은 솔직함에 충실하다. 그뿐이다.

망설임 없이 자기 빛깔을 드러내는 요즘 아이들에게 내일을 걸어본다. 억압받으면 창의력은 죽는다고 한다. 자유롭게 창의적으로 자란 아이들이 우리의 미래이니, 그런 이유로 우리나라 앞날은 밝다.

어느 것이 옳고 어느 것이 그른지 잘 모른다. 다만, 아이들이 밝고 건전하게 자랄 수 있다면 어디에다 선을 긋는다고 해도 좋으리.

– 2021 창작산맥

기로岐路

초원과 초원을 이어주는 강가에 누 떼가 서성인다.

이 강을 건너야 평화로운 삶의 초원이 기다리고 있다. 먹을 것이 풍부한 그곳으로 가기 위해 수많은 누 떼는 기회를 엿본다. 강 속에는 허기진 악어 떼와 집채만 한 하마 떼가 득실거린다. 이 많은 누 떼가 강을 건너려면 누군가는 희생되어야 한다.

강가에 모여든 누 떼는 누군가 앞장서서 길목을 터주면 봇물 터지듯 내달릴 기세다. 태어난 지 얼마 되지 않은 새끼와 어미도 함께 서성인다. 어린 새끼를 데리고 강을 건너려면 위험이 따를 것은 불 보듯 뻔하다.

그때다. 얼룩말 무리가 물 폭탄을 터트리며 우르르 물속으로 뛰어든다. 기다렸다는 듯이 그 뒤를 이어 수많은 누 떼가 강 속으로 몸을 던진다. 수많은 폭탄이 한꺼번에 터진 것 같은 광경이다. 새끼도 어미를 따라 물 속으로 뛰어든다. 여기서 살아남지 않으면 이 강이 무덤이 되고 만다. 새끼와 어미는 필사적으로 헤엄친다.

한편에서는 먼저 뛰어들었던 얼룩말이 악어 떼의 굶주림을 채워 주고 있다. 붉은 피가 파도를 친다. 희생의 광경은 잔혹하다.

생사의 갈림길이다.

새끼는 밀고 밀리는 무리 속에서 벗어나지 않으려고 죽을힘을 다해 헤엄쳐보지만, 급류에 휘말려 물살에 떠밀린다. 성난 하마에게 죽임을 당할 뻔하기도 하고, 악어의 이빨에 끼어 밥이 되기 직전에 겨우 벗어나기도 한다. 몇 번이나 죽을 고비를 넘기고 강둑에 오른다. 그러나 강을 사이에 두고 어미와 정반대의 강기슭에 홀로 서 있다.

죽을힘을 다해 강기슭을 올라온 어미 누는 무리 속에서 새끼를 찾느라 자꾸만 뒤로 밀려난다. 아무리 찾아도 새끼는 없다. 어미는 강기슭으로 되돌아온다. 그러나 애타게 찾던 새끼는 강 건너 반대편에 서서 어미를 향해 목을 길게 빼고 서 있다.

어미는 죽을 고비를 넘기고 건너온 강기슭을 망연자실 서성인다. 몇 번이고 고개를 주억거리며 새끼를 바라본다. 갈등은 오래가지 않는다. 어미 누는 새끼 쪽을 향해 그 죽음의 강으로 다시 몸을 던진다.

혼자서 강을 건넌다는 것은 죽음을 의미한다. 강 언덕을 올라온 그 많은 누 떼는 이미 초원을 향해 멀어져 가고, 어미는 강 한가운데에서 필사적으로 새끼를 향해 헤엄친다. 새끼가 그곳에 있기에 가능한 일이다.

어미는 새끼에 대한 일념 하나로 죽음도 불사하고 강을 건넌다. 기다렸다는 듯이 악어가 어미를 문다. 필사적으로 튀어 오른다. 물렸던 뒷다리에서 핏물이 붉게 번져 출렁인다. 줄기차게 따라붙는 악어 떼를 뒤로하고 그 위기를 모면한다. 모성애의 힘은 아무리 강한 악어라도 이겨낸다.

하마가 동굴 같은 입을 벌리고 다시 위협한다. 새끼 옆으로 가려는 어미의 절박함은 그 무엇도 막을 수 없다. 피투성이가 된 어미는 겨우 강둑을 오른다. 천신만고 끝에 새끼를 만난다. 기적과도 같은 상봉이다.

저만치에는 또 다른 무리의 누 떼가 평화의 초원을 찾으러 떠나고 있다. 새끼와 어미는 유유히 그 무리 속으로 합류한다.

동물의 왕국 영상을 지켜보는 내내 마음 졸였다. 새끼와 목숨 중 하나를 선택해야 하는 기로岐路에서 얼마나 힘들었을까. 피투성이가 되어서도 새끼를 향해 헤엄쳐 간 누의 모성애에 깊이 감동했다.

지인이 어릴 때 헤어진 엄마를 만났다고 한다. 엄마를 만난 기쁨을 전한다며 포도 한 상자를 보내왔다.

만나면 늘 말이 없던 그녀가 해맑은 모습으로 엄마 얘기를 꺼낸다. 어릴 때 새엄마와 살 때는 참 많이 힘들었다며, 그럴 때마다 자신을 두고 떠난 엄마가 미웠다고 속내를 털어놓는다.

어린 딸을 버리고 떠나야 했던 엄마는 수천 번도 더 망설였을 것이다. 어쩌면 죽음보다 더 각박한 사정이 있을 수도 있다. 그러나 지인이 새엄마 밑에서 자라며 겪은 설움은 어디에서 위로받을 수 있을까. 멀고도 험한 길을 혼자 걸어오는 동안 외롭고 두렵고 쓸쓸했던 어린 가슴을 무엇으로 치유할 수 있을까. 살아오면서 겪어야 할 아픔은 그때 다 겪었을지도 모를 일이다.

늦게라도 엄마를 다시 만나 다행이다.

지인도 결혼하여 이제는 의젓한 딸아이 엄마가 되었다. 어린 딸을 보며 수천 번도 더 엄마를 생각했을 것이다. 이제는 엄마를 만나 여한이 없다고 한다. 너무나 오랜 세월 떨어져 산 거리감은 있겠지만, 엄마라는 둥지를 만나서 남다른 행복을 누린다고 한다.

엄마에 대한 그녀의 아름다운 용서가 고맙다. 어쩌면 지인 어머니도 새끼가 그곳에 있기에 모진 세월 참고 견디어 왔을지도 모른다. 갈림길에 서서 손을 놓아야만 했던 딸아이를 한평생 가슴에 품고 사느라 허리가 구부정해졌을지도 모를 일이다.

자식에 대한 어머니의 모성애는 세상 그 무엇과도 견줄 수 없다.

- 2021. 은빛수필

봉정암 미역국

칠월 초입에 들어선 설악산은 푸른 물결 사태가 났다. 오랜 가뭄으로 계곡 물줄기는 줄었지만, 산을 에워싼 푸르름은 내 마음을 초록빛 산소로 출렁이게 한다.

설악산 계곡은 온통 돌이다. 오랜 세월 풍화와 폭우를 묵묵히 견뎌낸 돌의 침묵에 나도 말을 잊는다. 숨이 턱에 차오르는 고통을 이겨 내며 한 발 한 발 산길을 오른다.

봉정암은 설악산 대청봉 아래, 소청봉 북서쪽에 있는 사찰이다. 백담사에서 봉정암까지 25리의 거리다. 험하고 가파른 이 길을 걸어서 오르는 일은 결코 쉽지 않다.

백담사를 지나 영시암까지는 내 유년 시절과도 같다. 그런 길이라면 종일 걸어도 견딜 만하다. 영시암에서 봉정암까지의 길은 인생길 대장정이다. 평평한 길을 가다가도 어느새 가파른 길이 나타나고 죽을 만큼 숨이 차오르다가도 어느 길목에서는 순한 길이 나타나 숨을 고르게 해 준다. 그러기를 무한정 반복한다.

봉정암 도착하기 바로 전, 500미터 높이의 가파른 깔딱 고개를 넘기까지 내 걸음으로는 6시간이나 걸린다. 한걸음에 올라가면 더 빨리 갈 수 있지만, 가다가 힘들면 흐르는 계곡물에 발도 담그고, 바위에 걸터앉아 간식도 먹으며 느리게 산을 오른다.

봉정암 올 때마다 다시는 오지 않을 것이라고 다짐하면서도 벌써 세 번째 이 산을 오른다.

천근이나 되는 몸을 끌고 봉정암에 도착하니 어느새 저녁 공양 시간이다. 공양간 앞에는 저녁을 먹기 위해 끝이 보이지 않게 줄을 섰다. 나도 긴 꼬리를 붙잡았다. 길고 긴 보릿고개를 넘어온 듯 배고픔과 피로가 물밀듯 밀려온다.

저녁이라야 미역국 한 그릇이다. 넓적한 대접에 멀건 미역국을 담고 거기에다 밥 한 주걱과 오이무침 몇 조각 얹어 준다. 오이무침이 없는 날은 단무지가 몇 조각 올라온다. 그런데도 사람들은 미역국 한 그릇을 받기 위해 엄청난 시간을 기다리며 서 있다.

나도 미역국 한 그릇이 아니면 오늘 당장 굶어 죽을

지도 모른다는 심정으로 차례가 오기를 기다린다.

미역국 대접을 받쳐 들고 자리를 잡았다. 하늘을 지붕 삼아 쭈그리고 앉아서 미역국을 먹는다. 봉정암 마당에는 미역국을 먹는 사람들로 김홍도의 풍속화 한 장면이 그려진다. 바닥에 앉은 사람, 그루터기에 앉은 사람, 돌계단에 앉은 사람…. 자리가 편치 않다고 불만을 털어놓는 사람은 하나도 없다.

웅장한 자연으로 뒤덮인 봉정암 뜰에 앉아 미역국을 먹으니 세상 모든 것이 감사하다. 이 희한한 여유로움은 무엇일까.

봉정암 미역국에선 어디에서도 맛볼 수 없는 오묘한 맛이 난다. 소박하고 담백한 산 냄새가 난다. 고개를 들어 보니 하늘이 머리에 맞닿아 있다. 내 몸이 속세에서 뚝 떨어져 우주에 떠 있다. 봉정암 뒷산에, 금방이라도 굴러 떨어질 것 같은 큰 바위가 장엄하게 버티고 내려다본다. 부처님 진신사리를 모시고 있는 오층석탑이 노을에 붉게 물든다.

누군가 말했다. '봉정암 미역국을 먹어 보지 않은 사람과는 인생을 논하지 말라' 고. 이곳에서 미역국 한 그릇을 먹어 본 사람은 안다. 쌀 한 톨의 소중함과 농부의 피땀을 절실하게 깨닫게 된다. 속세에서 우리가 얼마나 음식을 낭비하는가를 뼈저리게 알게 된다.

나는 이 미역국이 그리워 봉정암을 찾는지도 모른다. 미역국을 받기 위해 긴 시간을 기다리는 사람들도 내 맘과 다르지 않을 것이다.

모진 보릿고개를 넘던 옛 어른들의 배고픔이 아직 저만치에서 서성이고 있다. 다른 누구도 아닌 내 어머니 내 아버지의 일이다.

공양간 벽에는 '공양게' 문구가 적혀 있다.

> 이 음식은 어디에서 왔는가?
> 내 덕행으로 받기 부끄럽네.
> 마음의 온갖 욕심 버리고,
> 몸을 치료하는 약으로 알아
> 도업을 이루고자 공양을 받습니다.

가끔 마음이 해이해질 때 봉정암 미역국을 떠올린다. 그 길이 너무도 험하여 앞으로 몇 번이나 더 갈 수 있을지는 모르지만, 봉정암 미역국을 떠올리며 음식에 대해 감사함을 잊지 않으려 한다. 봉정암을 다녀오면 오랫동안 음식에 대한 예의를 갖추게 된다.

– 2017. 현대수필 겨울호(음식에세이 연재)

지금은 침묵할 때

봄꽃이 파도치는 봄날, 주말농장으로 가는 길이 인산인해다. 한적한 시골길이 어찌나 붐비는지 조심스럽게 차를 몰았다. 훈훈한 바람이 두꺼운 외투를 벗기고, 산천의 꽃물결에 눈이 호강한다. 파종하는 사람들은 꽃비 내리는 길목에 둘러앉아 봄주春酒를 마신다. 꽃술이라 해도 좋겠다. 바라만 봐도 취기가 오른다.

농번기가 시작되자 대야미역 갈치호수 근처는 파종하는 사람들로 유세장이 되었다. '꼭 오셔서 자리를 빛내주세요' 라는 초대장을 보내지 않아도 자연은 스스로 찾아오게 하는 힘이 있다. 말 없는 호소력에 골마다 밭두렁마다 사람들이 동원되었다. 지정된 자리가 아니어도 좋다. 어디에든 퍼질러 앉아 깊은 호흡을 할 수 있는 자연과 만남은 그저 기쁘고 행복하다.

저만치 바라보이는 능선은 연둣빛 물감을 부지런히 풀어헤친다. 삽시간에 화선지에 먹물 번지듯 한다. 성미 급한 나뭇잎은 벌써 초록빛을 띠고, 아직 잠에서 덜 깬 회색빛 꽃눈은 연분홍 산벚꽃과 어우러져 오묘한 빛을 발한다. 산등성이는 소리 없이 부산하다.

봄에는 꽃보다 연둣빛 이파리가 더 예쁘다. 뾰족이 돋아난 새순은 그냥 한 송이 꽃이다. 꽃이 꼭 노랑이어야 하고 빨강이어야 한다는 법은 없다. 이 계절에 피어나는 이파리는 모두 꽃이다. 천지가 꽃밭이다.

이런 자연이 좋아 먼 길 마다하지 않고 주말농장을 시작했다. 농장 주변에는 갈치 호수가 있고, 반월호수가 있다. 야트막한 산등성이가 병풍처럼 둘러서 있다. 만물의 속삭임도 들을 수 있다. 몇이랑 안 되는 땅에 온 우주가 다 담겨있다. 햇빛과 하늘, 바람, 눈비, 꽃과 열매…. 모든 근심 걱정을 품절시킨다. 물질적 사치가 적용되지 않는다. 오롯이 자유로운 영혼으로 충만하다. 이 호사는 어느 것과도 바꿀 수 없다.

도착하자마자 서둘러 상추와 쑥갓을 심었다. 이른 봄 제일 먼저 하는 파종이다. 감자와 고추 심을 이랑을 만들어 놓고 반월저수지에서 봄과 마주한다. 산 그림자 물

속에 거꾸로 물구나무서서 유유히 흔들린다. 제 빛깔에 겨운 봄 풍경은 그대로 한 폭의 그림이다. 어느 화백이 저토록 아름다운 그림을 그려 놓았는지….

봄에 피는 꽃나무들은 봄이어야만 분별이 된다. 연분홍 산벚꽃도 지금이라야 제 이름을 알린다. 우거진 산속에 진달래도 지금이라야 꽃이 된다. 목련이며, 조팝나무며, 개나리며… 모든 봄꽃은 봄이라야 제 이름을 찾고, 제빛을 찾는다. 꼭 이 계절이라야 서로 다름을 인정한다. 꽃 지고 잎 무성하면 산은 온통 초록빛이 된다. 평준화되기 전 각자 제 빛깔에 충실한 봄 잔치에 어우러져 막걸리라도 마신 듯 취기가 오른다.

내 부족한 어휘력에 비상이 걸렸다. 어찌 말이나 글로 봄이라는 계절의 신비로움을 다 표현할 수 있을까. 가슴속에선 언어의 유충들이 몸부림치는데 발화하지 못한 말들은 말풍선을 만들어 허공에 날린다.

그래, 지금은 침묵할 때다.

– 2021. 에세이포레(그린에세이 연재)

호박죽

그날은 서리가 하얗게 내렸다.

엄마는 흰 수건을 머리에 쓰고 긴 앞치마를 허리에 동여맨다. 보자기를 덮은 채반을 머리에 이고 언덕진 아랫마을로 내달린다. 동장군이 주둔한 마을 길을 하얗게 입김을 내뿜으며 걷는다. 바람에 펄럭이는 옥양목 앞치마가 처마에 매달린 고드름보다 더 시리다.

그날은 우리 집에 특별한 음식을 한 게 틀림없다. 윗사람 공경을 철칙으로 여겼던 엄마는 색다른 음식을 한 날에는 이웃 어른들께 먼저 가져다 드린다. 음식이 식을세라 발걸음보다 마음이 먼저 앞서간다.

어느 날 나를 보니 엄마를 닮아 있다.

"음식은 아끼다 찌똥된다. 뭐든 먹기 좋을 때 나누어

먹어야 한다"는 엄마의 말이 늘 마음에 문신처럼 새겨져 있다. 그런 까닭인지 색다른 음식을 하면 나눌 사람부터 먼저 떠올린다.

어릴 때 중이염을 앓았다. 비린 음식을 먹으면 더 심해진다고 해서 돼지고기, 닭고기를 먹지 못했다. 몸이 허약해서 제 나이에 입학하지도 못하고, 아홉 살에야 겨우 학교에 다니기 시작했다. 그런 나를 위해 아랫집에 사는 친구, 정자 아버지는 토끼나 꿩을 잡으면 그 다리를 가지고 왔다. 토끼나 꿩은 기름지지 않고 담백하여 아픈 귀가 성할 일이 없다며 챙겨 주었다. 다리를 빼고 나면 먹을 것도 없으련만, 다리는 언제나 내 몫이었다. 아마 친구 아버지 덕분에 건강을 유지했지 싶다.

이웃이 주는 인정으로 몸도 마음도 건강하게 자랐고, 남에게 베푸는 것도 인정 많은 아저씨에게 배웠다.

먹거리가 흔한 세상이니 배곯는 사람은 없겠지만 천성은 버리기 쉽지 않다. 그래도 남에게 음식을 주려면 망설이게 된다. 부담 주는 것은 아닐까, 누가 되지 않을까 하는 염려로, 친한 사이라도 사전에 먼저 물어보기도 한다. 마음속으로만 나눌 때가 더 많다.

세계적인 대부호 스티브 잡스가 마지막 남긴 말 중에

"타인의 눈에 내 인생은 성공의 상징이다. 하지만 일터를 떠나면 내 삶의 즐거움은 없다. 결국 부富는 내 삶의 일부가 되어 버린 하나의 익숙한 '사실' 일 뿐이다"라고 했다. 죽음 앞에 가지고 갈 수 있는 것은 부가 아니라 사랑이 넘쳐나는 기억들뿐이라고 한다. 따뜻한 인간관계, 아니면 예술, 또는 젊었을 때의 꿈…, 이런 것들이 오히려 삶의 활력소가 되고 오래도록 기억에 남을 것인데 끝없는 부를 추구하는 것은 결국, 자신 같은 비틀린 개인만을 남긴다고 했다.

가난한 시대에 살던 사람들이 행복지수는 오히려 더 높았는지도 모른다. 그때는 나누어 먹는 행복이 있었다. 떡을 해도, 옥수수를 삶아도 윗집 아랫집으로 나누어 주던 즐거움이 있었다. 누가 시키지 않아도 동네 웃어른부터 챙기는 위계질서가 있고, 그것을 귀찮아하거나 번거롭게 생각하지 않던 인정이 있었다. 음식을 갖다 주면 친정엄마가 시집간 딸 반기듯 하는 이웃이 있었다.

겨울비가 내린다.

문득 해야 할 일이 생겼다. 늙은 호박을 삶고, 쌀을 불려 믹서에 갈았다. 팥은 껍질이 씹히지 않도록 오래도록 삶았다. 되도록 큰 솥에다 재료를 넣고 호박죽을 쑨

다. 푸짐하게 쑤어지는 호박죽을 저으니 몇몇 사람이 생각 속을 파고든다.

항암치료를 받는 J 선생님, 대상포진을 앓고 있는 P 지인, 치과 치료를 받는 둘째 언니…. 죽을 쑤다 말고 냉장고에 있는 잣을 듬뿍 갈아 호박죽에 섞는다. 보약은 아니더라도 보약 같은 죽이 되라고 주문을 왼다.

호박죽을 쑤는 동안 이미 솥 안에 든 죽이 반은 없어졌다. 생각 속에 맴돌던 분들을 위해 다 퍼 나른 까닭이다. 그분들이 내가 쑨 호박죽 한 그릇으로 인해 조금이라도 원기가 회복되었으면 좋겠다는 생각에 몸보다 마음이 먼저 갔다.

가난하지만 따듯한 이웃이 있는 엄마의 삶과 대부호 스티브 잡스 중 누가 더 행복한 삶을 살았을까. 어쩌면 그는 많은 재산보다도 따뜻한 호박죽 한 그릇의 인정이 더 절실했을지도 모를 일이다. 나누어 먹을 수 있는 대상이 있을 때는 결코 혼자가 아닌 까닭이다.

– 2016 서초수필

V. 지금 바로 이 순간

내 마음에 새움이 돋는 듯하다

수은 달빛

새벽기도 알리는 목탁 소리에 눈을 떴다.

〈수덕사〉 새벽하늘에 뜬 섣달 스무나흘 달이 온 천지에 은가루를 뿌린다. 소나무 위에도 기왓장 위에도 가파른 돌계단 위에도…. 서광처럼 내려앉은 수은 달빛을 보는 순간 그대로 숨이 멎는다. 세상에! 어느 화가가 새벽잠 설치고 이렇듯 절묘한 그림을 그려 놓았단 말인가. 나도 모르게 돌계단에 철퍼덕 주저앉았다.

얼마 만인가, 단란하게 가족이 함께 집 떠나온 것이.

매년 이맘때면 어머님 생신 준비로 동동거려야 했다. 올해는 동서가, 생일상 올릴 것이니 아무 걱정하지 말고 맘 편히 어디라도 다녀오라고 어머님을 모시고 갔다. 그런 동서가 아니었으면 지금쯤 주방으로 거실로 오가며 바삐 움직이고 있을 것이다.

선달에는 아버님 제사, 어머님 생신, 설 준비로 한 달 내내 분주하다. 이런 내 고단한 마음을 헤아려 준 동서의 보약 같은 배려로 수덕사에 왔다. 어떻게 보내야 할지 고민도 하기 전에 큰딸이 템플스테이 가자며 수덕사에 예약 접수했다. 산사에 묵으면서 그동안 가족 간에 못 한 말, 바라는 마음을 허심탄회 나누며 지내다 오자고 한다. 이러다 훌쩍 결혼이라도 하고 나면 너무 후회될 것 같단다.

시부모님과 30여 년 함께 살면서 단출하게 내 아이들과 떠나는 여행은 늘 망설여졌다. 누가 말려서도 아니고 못 가도록 윽박지른 것도 아니다. 몸이 부자유한 어머님 곁에 누군가는 있어야 했다. 온전히 자유로운 날은 단 하루도 없었다.

막상 떠나와 보니, 왜 진작 이러지 못했나 후회된다. 며칠만 어머님 모셔달라고 하면 싫다 할 형제들도 아닌데, 그 말 하기가 왜 그렇게 어려웠던지, 한평생 삭이며 살았다. 그렇게 망설이는 동안 내 머리에 수은 달빛처럼 허옇게 서리가 내렸다.

오늘만큼은 나를 이해해 주자고, 단 하루라도 나를 구속에서 벗어나게 해 주자고 자꾸만 주문을 왼다.

입실 시간에 맞춰 느지막이 수덕사에 도착했다.

객실에 짐 풀고 수덕사 대웅전 앞마당을 서성인다. 저녁 공양 시간에 맞춰 법고 두드리는 소리가 깊은 골짜기에 메아리친다. 법고는 땅 위에 사는 중생들이 오직 참다운 마음자리를 깨달아 부처가 되기를 발원하는 의미에서, 마음 심心자를 그리며 두드린다고 한다. 그 소리를 듣고 있자니 울컥 목울대가 뜨겁다. 마음 심心자를 그리며 펄럭이는 장삼 자락 뒤로 해가 저물고 있다. 나도 모르게 눈물이 흐른다. 춤추듯 정처 없이 너울거리는 장삼 자락을 바라보며 그 알 수 없는 흔들림에 합장한다.

일상의 구속에 얽매여 있는 동안에도 내 마음은 어디론가 정처 없이 떠돌곤 했다. 그 누구에게도 구속되지 않는 홀가분한 영혼으로 살고 싶지만 그럴 수 없어서 끊임없이 흔들렸다. 몸부림치며 흔들리다가도 북쪽을 향해 제자리 찾는 나침판처럼 일상의 제자리로 돌아왔고, 책임이라는 도리와 끝없이 타협하곤 했다. 아무도 내 마음 헤아려주지 않는, 구치소 같은 삶 속에서 나를 찾기 위해 발버둥쳤다.

넋 놓고 앉아 법고 울음소리에 귀 기울인다. 너울너울 춤추는 장삼 자락을 따라 내 영혼도 춤을 춘다. 일상에서 부대낀 모든 번뇌도 어깨를 들썩이며 춤을 춘다. 이대로 딱 며칠만, 나 혼자만의 시간을 갖고 싶다는 생각 간절하다.

별빛 쏟아지는 수덕사의 밤, 저녁 공양을 마치고 우리 가족은 한자리에 둘러앉았다. 이미 장성한 딸들과 마주 앉으니 어색하고 미안한 마음이 앞선다. 이 아이들도 맏이인 부모 만나서 참는 공부부터 먼저 배웠다. 단란하게 나가서 외식 한번 한 적 없고, 무엇이 갖고 싶다고 떼쓴 적도 없다. 조부모에게 모든 걸 맞추며 살아야 했던 딸들에게 그저 미안한 마음뿐이다. 잘 참아 주고 잘 자라 주었기에 나도 견딜 수 있었다.

허심탄회 나누던 마음이 가끔 불협화음을 만들기도 하고, 올라가던 목소리가 다시 내려오기를 거듭하면서 그렇게 두런두런 수덕사 밤이 깊어 간다. 마주 보며 끝내 웃어 주는 가족이 그저 고맙다.

수덕사 새벽 돌계단에 내려앉았던 수은 달빛을 집으로 데려가는 중이다. 수묵화처럼 내 마음 어디쯤 걸어 두고, 일상의 나침판이 흔들릴 때마다 고요히 감상할 생각이다. '어떠한 부대낌이나 억울한 일이 있어도 해명하지 말고 그저 웃어요' 하고 설법한 스님의 말씀을 부적처럼 접어서 가슴에 새긴다. '가정에서나 직장에서나 많은 인간관계를 맺고 살아가는 세상인데, 억울하다고 일일이 다 해명하며 살다 보면 그것처럼 힘든 일은 없다' 는 큰스님의 법문을 보물처럼 한 짐 지고 돌아온다.

집에 돌아오니 몸은 호강했지만, 맏며느리 노릇 못한 것 같아 마음이 고생이다. 이런 무거운 마음조차 홀가분하게 내려놓을 수 있는, 그저 웃어넘길 수 있는 경지가 언제쯤 내게 주어질는지….

동서 덕에 모처럼 번다한 일상을 벗어나 달빛 같은 여백을 맛보았다. 고마운 마음 아주 오래도록 간직할 것이다.

VIP

'송년회 대신, 콘서트나 뮤지컬 관람 어떠세요?' 라는 문자를 받고 'VIP석으로 하면 어떨는지요?' 하고 냉큼 답을 보내 놓고 혼자 웃었다.

이렇게 답을 보낸 것에는 이유가 있다.

살아오는 동안 VIP 대접을 받아 본 적이 없다. 아니, 농협에 VIP 마이너스 통장이 하나 있긴 하다. 나에겐 마이너스지만 은행에는 플러스가 되기에 그런 멋진 이름을 지어주었지 싶다. 이것 외에는 백화점이든 행사든 공연이든 일상생활에서든 간에 중요 인물에 속하지 않는, 평범한 사람으로 살고 있다. 그렇다고 어디가 불편하거나 위축되거나 속상하지는 않다. 낮은 자리에 길든 탓인지 매사가 감사하고 편하다. 이것은 누려보지 못한 자의 자위다.

VIP 대접에는 자격이 따른다. 물질적인 비중도 크고, 권위적인 역량도 필요하다. 백화점에서 연간 몇천 단위의 액수를 지출했을 때 비로소 명예로운 VIP 고객이 되고, 공연 VIP석도 금액 차이라는 부담이 따른다. 모든 행사에 명예로운 자리는 중요 인물이 차지한다. 주목받는 그 자리는 열심히 살아온 대단한 분들을 위한 자리이기 때문이다. 그렇기에 그런 대우를 못 받는다고 하여 서운한 것도 없다.

며칠 전이다.

주말농장에 가기 위해 집을 나섰다. 문득 '하늘카페'가 생각나서 노상에 주차하고 숨이 차게 카페 문을 밀고 들어갔다. 막 개업을 한 카페 주인은 오래전부터 알고 지내온 글벗이다. 늦가을 오후의 나른함을 달래기 위해 아메리카노 한 잔을 주문하고 기다리는데 그녀가 작고 귀여운 카드를 내밀더니 "김산옥 씨는 우리 카페 VIP 고객이에요. 이 카드는 그대에게 평생 공짜 커피를 제공한다는 증서이니 잘 간직하세요" 한다. VIP 고객, 처음 들어보는 그 말에 기쁘다 못해 멋쩍다. 아주 몸 둘 바를 모르겠다.

특별대우도 받아 본 사람만이 자연스럽다.

나는 이 카페를 위해 금전적으로나 육체적으로나 무엇을 해 준 것이 없기에 자격 미달이다. 그런 나에게 VIP 고객으로 그것도 평생 무료로 커피를 제공하겠다니…. 엉겁결에 카드와 커피를 들고 문을 나섰다.

세상을 다 가지면 이런 마음일까.

주말농장에 도착하니 가을볕이 곰살맞게 반겨준다. 시월의 가을빛이 유난히 곱다. 봄에는 뻐꾸기 울고, 여름에는 매미 소리 요란하더니 어느새 단풍 들었다.

비록 남의 땅이지만 한 해 동안 땅 주인 행세를 톡톡히 했다. 이곳에서는 마음 부자가 되고 스스로 중요 인물이 되어서, 이른 봄부터 늦가을까지 여러 가지 농작물을 키워낸다. 감자, 강낭콩, 당근, 고구마, 고추, 상추, 아욱, 갓, 무, 배추…. 손바닥만 한 땅에 이모작, 삼모작을 해서 참 알뜰히도 흙의 등골을 빼먹는다.

제법 속이 차기 시작한 김장배추를 들여다보며 밭두렁에 앉아 글벗이 준 카드를 들여다보았다.

명함만 한 카드에는 이렇게 적혀 있다.

> 김산옥 씨
> 한 번도 제대로
> 말씀드린 적은 없지만

지금까지 힘이 되어주시고 믿어주셔서
진심으로 감사드려요.
항상 사랑하고 고맙습니다.

– 갤러리 카페 『하늘』

흙은 거짓말을 할 줄 모른다. 뿌린 대로 거두고, 사랑 준 만큼 돌려준다. 아주 정직하고 솔직하다. 인간관계 역시 뿌린 대로 거두는 것이 아닐까. 콩을 심으면 콩을 거두고 팥을 심으면 팥을 거두는 것처럼. 내가 건넨 따뜻한 말 한마디가 누군가에겐 힘이 되고 살이 되고, 무심코 한 말이 누군가에게 상처가 되고 아픔이 되는 이치가 바로 농작물을 키워내는 것과 다르지 않으리.

글벗이 준 카드를 다시 꺼내서 들여다본다. 이 작은 카드 한 장이 마음을 이렇게 풍요롭게 하다니. 이 카드는 VVIP 카드보다도 더 괜찮은 정표다. 그 어떤 대단한 곳에서 VIP 대접받는다고 해도 이만큼 행복하지는 않을 것이다. 아주 오랫동안 간직해도 좋을, 부적 같다.

집으로 돌아와 카드를 상장처럼 추켜들고 자랑했다.

"왜 이래, 나 이런 사람이야!"

– 2014. 현대수필 봄호

청계산 바람꽃

"바람꽃 보러 가실래요?"

김혜영 소설가의 문자를 받고, 망설임 없이 만나자고 약속했다. 그녀가 말하는 바람꽃은 바람꽃 중에서도 봄을 알리는 꿩의바람꽃이다. 이른 봄, 잎 트기 전에 낙엽을 들치고 올라와 핀다는 그 꽃을 지금쯤이면 볼 수 있을 거라고 한다.

'바람꽃' 은 새봄을 알리는 꽃이다. 세월은 가는 것이 아니라 오는 것이라고 말해주는 희망의 꽃이다.

청계산 빼곡한 갈참나무 사이를 오가는 회색빛 봄바람과 마주할 설렘으로 서둘러 집을 나섰다.

초입에 들어서니 벌써 솔바람이 풋풋하다. 그녀는 뒷짐 지고, 등산로를 피해 계곡을 따라 앞서 걷는다. 나보다 한참 어린 사람이지만 하는 행동은 듬직하고 늠름하다. 정의롭고 불의를 못 참으며, 의리에 강하다. 자연생태계를 공부한 토종식물 해설사이고, 자연을 끔찍이도 사랑하는 수필가이며 소설가이기도 하다. 우리 고유의 자생식물은 물론, 온갖 새 이름까지 자세히 알고 있다. 울음소리만 듣고도, 얼핏 색깔만 보고도 무슨 새인지 금방 설명해 준다. 그녀 덕에 뱁새를 알고, 박새를 알았으며, 곤줄박이도 알았다.

앞서가던 그녀가 양지바른 곳에 수북이 쌓인 도토리나뭇잎을 들척거린다. 바스락거리는 나뭇잎 속을 유심히 들여다보더니 바람꽃 보려면 좀더 기다려야 할 것 같단다. 이맘때면 벌써 고개를 쳐들고 그 여린 모습이 말을 걸어와야 하는데, 아무래도 이번 봄은 좀 늦는 모양이라며 아쉬워한다.

무심히 하늘을 쳐다보았다.

푸른 하늘을 배경으로, 새순을 품은 상수리 나뭇가지들이 서로 엉켜 바람에 일렁인다. 겨우내 찬바람 맞으며 꽃눈 키워 온 그 몸짓이 경이롭다. 이제 머잖아 잎 피고 울창해지겠지, 그러니 이것이야말로 진정한 바람꽃이 아닐까 싶다.

가만가만 흐르는 물길 따라 계곡을 한참 올라가니 청

계사 뒷산이다. 솔방울만 한 뱁새 무리가 소란 떨며 덩굴 사이를 휘젓고 다닌다. 쇠박새, 동고비, 어치까지 함께…. 햇살은 더욱 간지럽게 수런거린다.

출발 지점에 선 달리기 선수처럼, 피어나라는 신호가 내려지기만을 기다리는 숲의 심장박동 소리가 들리는 것 같다. 산속은 이제 곧 연둣빛으로 뒤덮일 것이다. 낙엽을 뚫고 꿩의바람꽃이 필 것이며, 봄꽃으로 가득할 것이다. 자연의 이 웅장한 질서, 그 어우러짐이 바람꽃이요, 지저귀는 새들의 울음소리가 바람꽃이며, 오늘 느닷없는 이 만남도 나에겐 바람꽃이다.

산등성이를 타고 내려오니 청계사 근엄한 와불이 봄볕을 받고 길게 누워있다. 중생의 번뇌와 고뇌의 한숨소리를 말없이 끌어안은 부처 앞에 삼배한다. 이 느닷없는 만남에, 자연 속에 숨 쉴 수 있음에 감사하고, 어김없이 새봄을 맞을 수 있어서 감사하다고 엎드려 마음을 조아린다.

〈청계사〉는 경기도 의왕시 청계산 중턱에 자리 잡고 있다. 뜰에 올라 고개를 들면 세상에 빛이 다 모인 듯 눈부시게 환하다. 빙 둘러 절을 감싸고 있는 능선은 아늑하고 아름답다. 특히 바람꽃이 필 무렵이면 더욱 그렇다. 용트림하는 나뭇가지, 회색빛, 연둣빛, 분홍빛으로 봄빛을 발하는 산세를 바라보면 그 자리에 우뚝 망부석이 되고 만다. 내가 알고 있는 그 어떤 말로도 글로도 그 아름다움을 다 표현할 수 없다. 봄이면 그 산세를 보기 위해 청계사에 가곤 한다.

어찌 봄뿐이랴.

절로 향하는 산길 입구부터 데크로 산책길을 만들어 산행하기 좋다. 어린아이도 쉽게 걸을 수 있고, 우거진 수림 속을 걷는 동안 맘껏 자연을 호흡할 수 있다. 청계사 돌계단 아래에는 엿 파는 아저씨가 있다. 그 아저씨가 새와의 만남을 주선해 준다. 곤줄박이, 동고비가 손에 있는 땅콩을 먹기 위해 손바닥에 날아와 앉는다. 그 작은 존재와의 만남이 그럴 수 없이 신비하다.

비록 꿩의바람꽃은 만나지 못했지만, 나만의 바람꽃을 만났으니 서운한 것이 없다.

"오늘 바람꽃 만나러 가실래요?" 하고 손짓해준 김혜영 소설가로 인해 또 다른 봄을 만났다. 그녀에게 뽑혔다는 이유 하나만으로도 이 봄날은 특별하다.

나에겐 그녀가 진정한 바람꽃이다.

– 2014. 수필시대

자반고등어

자반고등어를 구워 밥상 가운데 놓았다. 시집간 딸아이가 얼른, 고등어 살코기를 발라 제 아이들 식판에 옮겨 담는다. 그것도 가운데 토막에서 두툼한 살코기로 발라낸다. 아무도 그 행동에 대해 지적하는 식구가 없다. 제 새끼 위하는 걸 그저 대견하다는 듯 바라볼 뿐이다.

내 고향은 바닷가에서 멀리 떨어진, 오지 마을이다. 어쩌다 장에라도 가려면 높은 재를 넘고서도 반나절은 족히 가야 했다. 둔내 장날, 엄마는 아침 일찍 서둘러 떠났다가 해가 서산에 걸려야 돌아왔다. 나는 장독대 옆 배나무에 올라가 온종일 엄마를 기다렸다. 머리에 하얀 수건을 쓴 엄마 모습이 지당골 어귀에 보일 때까지.

그 길고도 지루한 기다림을 이겨낼 수 있었던 건 눈깔사탕 때문이다. 장에 갈 때마다 엄마는 꼭 눈깔사탕을 사서 허리춤에 넣고 왔다. 기대에 잔뜩 부풀어 있는 우리의 눈을 보면서 눈깔사탕을, 어미 새가 새끼에게 먹이를 주듯 하나씩 우리 입에 넣어주었다.

가끔 생선 장수가 들르곤 했다. 엄마에겐 품을 덜어주는 반가운 손님이다. 주로 소금에 절인 생선을 팔았다. 요즘처럼 냉장고가 있는 것도 아니어서 오래 두고 먹을 수 있는 것은 소금에 절인 자반뿐이었다. 그것도 오래 보관하기는 어려웠다.

거래는 물물교환으로 했다. 엄마는 팥이나 콩으로 값을 치르고 자반고등어와 이면수임연수어를 샀다.

생선 장수가 다녀간 다음 며칠간은 밥상에 자반고등어와 이면수가 올라왔다.

엄마는 화롯불에 구운 자반고등어 토막을 접시에 담아 두리반에 올려놓았다. 우리 형제들은 가운데 토막은 당연히 아버지 몫이라는 것을 알고 있다. 아버지는 좋은 부분을 드셔야 한다는 것을. 이것은 누가 가르쳐 주어서가 아니라 그냥 안다. 아버지니까.

고등어가 밥상에 올라오면 오빠와 언니는 물에 밥을 말아서 후루룩 먹고 불구경 가듯 부리나케 나갔다. 언니 오빠가 앉았던 자리에 휑하니 동그라미가 그려져도 막내인 나는 고등어 한 토막을 혼자 차지했다는 뿌듯함에 오래도록 밥을 먹었다. 짭조름한 그 맛은 눈치도 체면도 다 쫓아버렸다.

언니 오빠가 서둘러 밥상에서 물러난 건, 자반고등어를 아버지가 마음 편히 드실 수 있도록 하기 위해서였다. 훗날 철이 들고 나서야 그걸 알았다. 그러나 아버지는 알고 계셨을 것이다.

부모, 남편보다 자식들 입맛을 먼저 챙기는 딸아이의 사고방식을 탓하기에는 시대가 너무 변했다. 웃어른보다는 아이들이 먼저인 세상이다. 제 새끼 먹이겠다고 아버지가 젓가락도 대기도 전에 고등어 살을 발라내는 딸아이의 해맑은 웃음 앞에 단호히 위계질서를 일러 줄 용기가 없다.

제 엄마가 염치 불고하고 고등어 살코기를 골라 주었지만, 아이들은 반도 안 먹고 나앉는다. 요즘 아이들 입맛에 고등어는 그다지 절실하지 않기 때문이다. 고등어를 앞에 둔 반세기의 세대 차이에 그저 실없이 웃을 뿐이다.

식판에 흩어진 고등어 살코기를 보고 있으려니, 아버

지 마음 놓고 드시라고 물에 밥 말아 훌훌 넘기고 서둘러 자리를 뜨던 언니 오빠가 떠올라 가슴 저리다.

배고픈 것도, 귀한 것도 모르는 이 아이들은 먼 훗날 무엇으로 이 시대를 이야기할까. 아무리 풍요로운 세상이지만 음식에 대한 감사는 느낄 수 있어야 하지 않을까. 밥알 하나도 남기지 않는, 그런 예절까지는 아니더라도 땀 흘린 농부에 대한 고마움은 알았으면 좋겠다.

예전에 엄마는 늘 말했다.

'음식 남겨서 버리면 하늘이 내려다본다고.'

– 2017. 현대수필 겨울호

순전히 오기였다

우리 토속신앙에는 천신天神, 산신山神, 지신地神이 있다. 천신은 하늘을 관장하는 신령님으로, 애국가에도 강림하시는 그 위대한 하느님이다. 산신은 산을 맡아 수호하고 있는 신령으로, 천재지변을 당하면 산신께서 벌을 내리신 모양이라고 할 만큼 무서운 신으로 여겨왔다. 지신은 대지나 토지를 관장하는 신으로, 농사를 업으로 살아온 우리 조상에게 없어서는 안 될 신이다.

일 년 농사지으면 제일 먼저 떡을 해 고사를 지냈다. 천지신명이 보살펴 준 덕으로 풍년 들었다고 감사제를 올리는 것이다. 농사 잘되게 해달라고 빌며 살아온 우리 선조들은 신의 노여움을 받지 않으려고 조심에 조심을 거듭해 왔다. 그저 잘 빌어야 자비를 내리고 은혜를 내린다는 믿음으로 빌고 또 빌며 살았다.

나도 십 년 전까지는 해마다 음력 시월 보름에 시루떡 해놓고 지신께 고사 지냈다. 그해도 변함없이 정성 들여 고사를 지냈는데 공교롭게도 다음 날, 어머님이 중풍으로 쓰러져 지금껏 병원을 내 집 드나들 듯하신다. 비는 놈한테는 신도 져준다고 했는데 아마도 제대로 빌지 않았나 보다.

그 이후 더는 지신께 빌지 않았다. 그토록 빌었는데 어머님께 가혹한 지병을 주다니, 그 수발로 나를 이렇게 힘들게 하느냐며 반란을 일으켰다. 어머님 병시중보다 더 큰 벌은 없을 거라고 십 년 넘도록 고사를 지내지 않는다.

그런 나에게 요즘 더 무서운 신이 강림하셨다. 삼신三神 보다도 더 무서운 '지름신' 이 강림하신 것이다.

'지름신' 이란 젊은이들 사이에 흔히 쓰이는, 물건을 구입하다는 뜻의 '지르다' 라는 단어에서 유래한 신조어다. 굳이 필요하지는 않지만, 마음에 드는 제품을 발견하고 자신도 모르는 사이 물건을 구매했을 때, 그 탓을 '지름신' 에게 돌리는 것이다. '충동적 구매' 가 자신의 의지가 아님을 호소하는, 네티즌이 만들어낸 기발한 단어다. 요즘 나에게도 그 지름신이 강림하셨다.

내가 지름신에게 휘둘림을 당하기 시작한 것은 모든

일이 힘에 부치면서부터다. 올 설도 오롯이 혼자 명절 준비를 했다. 동서도, 딸아이도 다들 직장 다닌다는 이유로 그 많은 일들이 다 내 몫이 되었다.

힘이 들기도 하지만 그보다는 '혼자'라는 이유 앞에 보상심리가 발동한다. 심리적 보상이 머리를 쳐드는 순간 지름신도 함께 강림하신다. 어디엔가 보상받지 않으면 약해진 내 기력을 추스를 수 없다. 이런 나약한 내 마음을 지름신이 냉큼 휘어잡는다.

서둘러 전을 부치고 앞치마만 벗어버린 채, 기름 냄새 풀풀 풍기며 백화점을 향했다. 나의 얄팍한 보상심리는 오직 나를 위한 것에만 눈길을 머물게 한다. 명품 시계를 진열한 곳에서 지름신은 어서 오라고 손짓한다. 요즘은 핸드폰이 있어 시계가 그렇게 필요치도 않은데도 어느새 지름신과 흥정한다.

지름신은 열심히 나를 부추겨 마음에 드는 것을 골라준다. 계산하고 나니 어떤 귀부인이 다가온다. 우아한 차림새에 곱게 화장한 그녀는 명절 준비와는 전혀 상관도 없는 사람 같다. 현란한 보석으로 치장했으며, 곱상한 용모에 지름신이 다가가기엔 너무도 먼 당신이다.

부유한 사람에겐 지름신이 존재할 이유가 없을 것이

다. 소비가 그저 생활일 테니까. 그런데 그건 어디까지나 가난한 나의 편견이다.

그녀는 내가 고른 시계를 보더니 예쁘다며 당신이 고른 것도 봐 달라고 한다. 내가 산 시계보다 더 예쁘다. 참 예쁘다고, 추켜세우고 돌아서려는데 한사코 나를 붙잡는다. 자기 남편이 곧 올 텐데 그가 계산해줄 때까지만 잠시 기다려 달라는 것이다. 눈을 동그랗게 뜨고 물음표를 찍으니, 내가 옆에 있어야 이유를 묻지 않고 시계를 사줄 거라고 한다. 희한한 부탁이지만, 돈 안 드는 일인데 못 해 줄 이유도 없다.

잠시 후, 훤칠한 남자가 와서 내 위아래를 흘끔 쳐다보더니 군말 없이 계산하고 간다. 그녀의 예상이 적중했다. 아마 내 행색에 비하면 자기 아내는 명품 시계를 갖고도 남겠다고 생각한 모양이다.

그녀가 기린 목으로 남편을 기다리는 동안 그녀에게 귓속말로 물었다.

"사고 싶으면 그냥 사면 되지 남편을 왜 부르세요?"

"남편이 경제권을 가지고 있어서…."

"나는 내가 사고 싶으면 사요."

"…."

"자기 보상 있잖아요. 누가 나 힘든 것 알아주나요.

아무도 몰라요. 난 내가 힘들 때마다 나를 위해 선물을 해요. 지금 명절 준비하다 말고 앞치마만 벗어버리고 왔어요. 내 꼴이 좀 사납죠?"

치맛자락에 군데군데 묻어있는 밀가루를 툭툭 털어내며 말했다.

순전히 오기였다.

지름신이 강림하셨다고는 절대로 말 못 한다. 오늘 지름에 대한 대가로 몇 달은 족히 전전긍긍하며 살아야 한다는 사실을 그녀는 몰라야 하니까.

– 2021. 리더스에세이

지금 바로 이 순간

입춘을 맞은 안양 삼성산 골짜기가 수런거린다.

지난겨울 뒤늦게 한파가 몰아쳐 다시는 봄이 올 것 같지 않게 춥더니, 골짜기는 어느새 봄 맞을 준비로 분주하다. 그윽한 회색빛 숨소리와 산새들 지저귐에 생기가 돈다. 제법 훈훈한 바람결이 얼굴을 어루만진다.

〈염불사〉 스님 염불 소리가 삼성산 골 안 가득히 봄을 부른다. 마애 미륵불 앞 기단 위에 고요히 몸을 낮추니 만물에 물오르는 소리가 들리는 듯하다. 찬 바닥에 엎드려 눈을 감는다. 바람결에 가랑잎 구르는 소리가 바스락거린다. 한참 동안 그렇게 엎드려 자연과 내가 한몸이 된다.

입춘은 봄의 시작이다.

24절기 중 첫 번째 절기로 양력 2월 4일 경이다. 동양에서는 이날부터 봄의 시작이라 한다. 태양의 황경이 315도에 와 있을 때를 말한다. 한 해의 시작을 알리는 기준은, 음력은 달을 기준으로 하고, 양력은 태양을 기준으로 하며, 절기는 지구가 태양을 기준으로 한다.

오늘 법문 화두는 '시작' 이다.

스님은 봄입춘에만 새로운 시작이 있는 것이 아니라 일 년에 세 번 시작한다고 설한다. 첫 번째의 시작은 동지다. 24절기 중 22번째 절기로 일 년 중 밤이 가장 길고 낮이 가장 짧은 날이다. 동지는 하늘의 기운을, 입춘은 땅의 기운을 받아서 한 해의 시작을 알리며, 설달력은 인간 중심으로 한 해의 시작을 알린다고 한다.

"마음의 시작은 지금 바로 이 순간, 이 자리, 여기서부터 시작됩니다. 진정성 있는 마음의 시작은 바로 이 순간부터입니다."

깨어 있는 이 자리, 지금, 이 순간이 바로 새로운 시작이라며 우리 모두 새봄과 함께 새롭게 출발하는 마음으로 임하자고 주지 스님은 설한다. 법당 뜰 가득히 햇살이 눈부시다.

한 해를 보낼 때마다 늘어나는 나이에 기가 죽는다. 그러면서 조금씩 열정이 식고 있다는 걸 느낀다. 이것이 자연의 법칙이려니 생각하면서도 못내 아쉬웠다. 그러던 어느 날, 내 마음에 위안을 주는 사진을 보게 되었다.

미국 태생 85세의 최고령 모델 사진이다. 늘씬한 키에 흰 머리카락과 당당한 자태에 포스가 느껴졌다. 전설의 레전드 모델 카르멘 델로피체, 그녀는 현재 런던예술대학교 명예박사이자 현직 최고령 모델로 활동 중이다. 나이가 많음에도 완숙하고 우아한 아우라가 있다. 비록 얼굴에 수많은 주름은 졌지만, 오히려 천연적인 아름다움이 그녀를 더욱 돋보이게 한다.

카르멘은 “나이가 들어서 열정이 사그라지는 것이 아니라, 열정이 식으니 나이가 드는 것”이라고 했다.

그녀에게 비하면 나는 아직 새파랗게 젊다. 새로 시작하자는 마음만 먹으면 열정적인 삶을 되찾을 수 있지 않을까 싶어 자신감을 얻는다.

‘마음의 시작은 지금 바로 이 순간부터’라는 스님의 법문과 ‘열정이 식으면 나이가 든다’는 카르멘의 말을 좌우명 삼아 지금 바로 이 순간이 나의 새로운 시작이라고 다짐해 본다.

하늘빛도 완연한 봄빛이다. 지금 바로 이 순간, 새로운 시작이다. 내 마음에 새움이 돋는 듯하다.

사랑이라는 단어와 함께…

오늘도 하늘은 비가 올 기미를 보이지 않는다.

온몸이 늘어져 까딱하기도 싫다. 입맛도 없고, 기운도 없고, 의욕도 없고…. 무엇을 먹어야 기운이 날까 서성이는데 초인종이 요란하게 울린다. 현관이 열리자마자 커다란 상자가 거실 바닥에 떠밀리듯 들어앉는다. 내가 시킨 적 없는데 제집처럼 들앉은 상자를 살펴보니 안동에 사는 우명식 글벗이 보내왔다.

상자 안에는 하나씩 먹기 좋게 포장되어 급랭시킨 찹쌀떡이 금은보화처럼 가득 담겼다. 상자 위에는 연둣빛 한지 봉투가 습기에 젖어 울다 지친 듯 엎드려 있다. 얼룩진 편지에 눈이 먼저 간다.

'사랑이라는 단어와 함께 떠오르는 사람' 이라고 쓴 구절에서 마음이 딱 멎는다. 바쁘거나 입맛 없어 식사

제때 못할 때 떡 하나씩 먹고 힘내라는 편지에는, 더위 잘 견뎌내라는 응원 메시지가 들어있다. 한순간에 더위가 사라진다.

연인이 보낸 편지라면 이렇듯 설렐까.

'사랑' 이라는 단어는 누구나 알고 있지만, 정작 사랑한다는 말은 쉽게 쓰기가 쑥스럽다. 가족 간에도 사랑한다는 말을 쓰려면 괜스레 망설이게 된다. 어느 날 그녀에게서 문자가 왔다. 말머리에 '사랑하는…' 이라고 시작해서 중간중간에도 사랑이라는 말을 스스럼없이 썼다. 그 흔한 사랑이라는 말이 왜 그렇게 특별하게 다가오던지…. 그때부터 나도 사랑이라는 말을 쓰기 시작했다. 그 이후 누구를 막론하고 '사랑합니다' 를 스스럼없이 쓰곤 한다. 이제는 사랑한다는 말을 써도 너무나 자연스럽다. 부끄럽지 않다.

그녀야말로 나에게는 사랑이라는 단어와 함께 떠오르는 사람이다. 늘 힘이 되고, 용기를 주는 사람, 메일을 보내거나 문자를 보낼 때마다 '사랑한다' 는 말로 온 마음을 다해 응원해 주는, 눈물 나게 고마운 사람이다.

요즘은 아침마다 그녀가 보내온 찹쌀떡을 먹는다.

한두 개만 먹어도 든든하다. 떡메로 쳐서 쌀알이 알

알이 씹히는 옛 맛을 살린 찹쌀떡 위에, 흰 팥고물, 붉은 팥고물이 새색시처럼 수줍게 업혀 있다. 참깨를 흠뻑 뒤집어쓴 떡, 콩고물을 뒤집어쓴 떡이 저마다 먹어보란 듯이 자태를 뽐낸다.

하나 같이 영양가 높고 예쁘고 맛있다.

요즘은 떡도 예술이다. 그냥 배고픈 시절에 먹던 그런 떡이 아니라 예쁘고 맛깔스럽다. 눈요기만으로도 배가 부르다.

떡은 한국인에게 소중한 음식이다. 좋은 일에든 궂은 일에든 빼놓을 수 없는 귀한 음식이다. 독특한 향기와 맛, 색색이 아름답다. 한국을 대표하는 우아한 한복처럼 자랑스러운 음식이다. 속을 든든하게 채워주고, 원기를 돋우어주는 음식으로 떡만 한 게 없다.

만드는 방법에 따라 떡 종류도 천차만별이다.

가래떡, 송편, 인절미, 취떡, 쑥떡, 모시떡, 시루떡, 절편, 찰떡, 증편, 경단, 호박떡, 콩떡, 백설기, 떡국, 떡라면, 떡볶이, 복떡귀신에게 재물로 올린 떡, 똥떡아이가 변소에 빠지는 것을 예방하기 위한 액막이 떡, 떡꼬치, 개그우먼 이영자가 유행시킨 소떡소떡소시지와 가래떡꽂이에 이르기까지…. 떡의 재료로는 여러 잡곡과 과일, 채소가 많이 쓰이며,

종류도 만드는 방법에 따라 100가지도 넘는다고 한다.

사랑하는 글벗에게 떡을 받던 날, 친정어머니가 한없이 그리웠다. 보고 싶었다. 내가 못 먹어도 남에게 더 베풀던 정 많은 어머니, 그 시대 모든 어머니의 마음이다.

나에게 떡은 사랑이라는 단어와 함께 떠오르는 음식이다. 그녀의 사랑과 인정이 떡 속에 고스란히 묻어난 까닭이다.

– 2019. 청암문학

등 굽은 소나무

만남이 죄가 되는 나날이다.

코로나19로 인해 올 추석엔 친척 간의 모임을 자제하라는 게 정부 방침이다. 평범함을 거부하는 시책에 마음이 저항한다. 오지 말라 말하는 건 정부 시책을 어기는 것보다 더 어렵다. 동기간 만남이라야 부모님 기일과 명절뿐이니. 며칠 망설이다 다들 오라는 기별을 넣었다. 변함없이 형제간과 화기애애한 명절을 보냈다. 몸은 고달팠지만, 마음은 가볍다.

명절치레로 고단했던 나를 위로해주고 싶었다. 뒷설거지를 마치고 〈망해암〉을 향해 산길을 오른다. 예전에는 울퉁불퉁한 비포장도로에다 경사진 산길이라 오르기 어려웠다. 지금은 아스팔트로 포장되어 하루에 몇 번이라도 오르내릴 수 있다. 깊은 산과도 수월하게 소통하는

게 문명인가 보다. 때로는 오르기 힘들었던 험한 흙길이 그립기도 하다. 변해간다는 것에 대한 거부일지도 모른다.

자연이 그려놓은 한 폭의 산수화 속에서 잠시 서성이다가 망해암 앞마당에 들어선다. 높은 비봉산에서 칼바람을 이겨 낸 소나무들은 등을 굽히고 엉거주춤 낮은 자세로 가지를 뻗고 있다. 주어진 환경에 말없이 순응하는 그들의 삶에서 내 모습을 본다. 나의 삶도 어쩌면 시달리고 부대끼며, 구부정하게 등이 굽은 소나무처럼 견뎌 내고 있는지도 모를 일이다.

벼랑에 걸터앉은 듯, 대지와 절벽을 이용해 건축한 망해암은 안양 비봉산에 위치한 사찰이다. 예전에는 작은 사찰이었는데, 근래 크게 증축된 천불전이 근엄하게 하늘을 받치고 섰다. 그 웅장함이 나에게는 낯설다. 오히려 마당을 지나 돌계단 위에 자리 잡은 작은 도량 용화전이 아늑하고 좋다. 고요히 긴 역사를 간직하고 있는 용화전은 비록 작고 소박한 불당이지만 마음을 잡아끄는 힘이 있다.

가을빛이 물들기 시작한 사찰에는 인기척이 없다. 가만가만 발소리를 죽이며 고요한 마당 끝 돌계단을 오른다. 한 계단 오르면 소나무 그늘에 남극의 펭귄처럼 서로 기대어 있는 장독대가 있다. 몇 년은 곰삭았을 된장이 솔향과 잘 어우러져 정겹다. 돌계단을 조금 더 오르면 삼성각이 우뚝 하늘을 받치고 있다. 이 높은 산을 수호하고 있는 산신의 도량이니만큼 싸한 기가 온몸으로 전해 온다. 잘못한 것도 없는데 두 손을 모은다.

햇살이 눈부시게 쏟아지는 산신각 앞뜰에는 5층 석탑이 터를 지키고, 그 앞에는 석등이 먼 곳을 바라보며 가을빛에 졸고 섰다. 그 바로 옆이 용화전이다. 도량 안에는 머리에 둥근 보개를 쓴 석조 미륵불이 모셔져 있다. 석조 미륵불은 원래는 서 있는 불상인데 아쉽게도 허리 이하는 마루 밑에 묻혀서 언뜻 보기에 앉아 있는 것처럼 보인다. 가슴 이하는 불단으로 가려놓아 원래의 모습을 살피기 어렵다. 또렷하지 않은 부처님 형상을 보며 그 시간이 길었음을 유추해 볼 뿐이다.

석조 미륵불 바로 옆에는 약사불이라는 작은 부처님이 온화한 미소를 머금고 있다. 이 작은 불상은 중생의 하소연을 잘 들어주기로 유명해, 영험한 불상이다. 기존의 절 법당 풍경과는 사뭇 다르고 정겹다. 그 불상 앞에 남몰래 가슴에 얹어 놓은 마음의 짐 하나 내려놓고 싶다.

망해암은 서향으로 터를 잡아, 저녁노을이 아름답다. 안양 9경 중 하나이다. 마당 끝에서 내려다보면 안양시의 전경이 한눈에 들어온다. 자연만큼 위로가 되는 것도 없다. 꼭 불자가 아니더라도 가끔 나를 위로해주고 싶을 때, 이곳에 올라 자연 속에 묻혀도 좋을 듯싶다.

'전화기 충전은 잘하면서 내 삶의 충전은 못 하고 사네….' 정동원 가수가 부른 유행가 가사처럼, 내 몸 지치는 것도 모르고 종종걸음 치며 살아가는 내 삶을 뒤돌아본다. 오늘도 참 잘 살았다고, 등 굽은 나를 위로한다.

'나의 창작방법'

도드라지게 하다

언젠가 문학 행사에서 홍운탁월烘云托月이라는 주제로 강의를 들었다. 오랫동안 글을 써 왔으면서도 항상 목마름이 있었는데, 그 뜻을 새겨듣는 순간 글쓰기에 대한 확신이 들었다.

홍운탁월은 주위의 구름에 색을 칠해 달을 더욱 도드라지게 표현한다는 뜻이다. 작가라면 누구나 홍운탁월의 기법을 원할 것이다. 있는 그대로가 아닌, 설명하는 글이 아닌, 꽤 충분한 소재로 주제를 더욱 돋보이게 글을 쓰려고 노력할 것이다. 그러나 아무리 확신과 깨달음을 얻었다고 하더라도 여전히 글 쓰는 것은 어렵고 힘든 과제다.

얼마 전 안양천을 걸었다. 요란한 소리에 이끌리듯 다가갔다. 하천 비탈면 유실 방지를 위해, 비탈면 보호 블록 위를 흙으로 메우는 작업 중이었다. 어느 인부가 왜소한 어깨에 굵은 호수를 걸치고 있었다. 레미콘에 연결된 그 호수는 쉼 없이 흙을 토해냈다. 질퍽한 흙을 울컥울컥 뱉어낼 때마다 인부는 쓰러질 듯이 비틀거리며 버티었다. 그냥 바라만 보는 것도 힘에 겨웠다.

문득 저런 힘든 일을 아무도 안 한다고 하면 어떻게 될까. 세상에 노동자들이 없어진다면 어떻게 될까. 누구나 편한 일만 추구하고 힘든 일을 멀리한다면 세상은 어떻게 될까. 걱정되었다.

안양 천변을 끼고 양옆으로 수천 세대의 아파트와 공장형 아파트가 최근에 새로 지어졌다. 그 사이를 연결하는 큰 다리도 건설되었다.

몇 년 동안 안양 천변은 공사장에서 들려오는 소음으로 날마다 시끄러웠다. 철근 부딪치는 소리, 흙을 밀어내는 불도저 소리, 땅을 파는 굴착기 소리, 끊임없이 이어지는 망치 소리…. 코로나19로 인해 일상은 조용했어도 안양천은 날마다 소란스러웠다.

그 길을 걸으면 사람 사는 생동감이 있었다. 그래선지 불안감이 사라지고 마음에 위안을 느꼈다.

이제 그 요란한 소음이 잦아들고 제 모습을 갖춘 새 아파트와 공장형 아파트가 우뚝 솟아 하늘을 가린다.

거기에 대교까지 놓여 안양 천변은 다른 모습이 되었다.

아파트 한 동이 지어졌을 때, 그것은 '아파트' 라는 주제가 된다. 그 아파트가 건축되기까지, 고생하고 힘들었을 노동자가 생각난다. 아파트라는 주제로 서기까지, 공장형 아파트가 주제가 되기까지, 대교라는 주제가 놓이기까지 수많은 소재의 희생이 한순간 떠오른다.

인부들의 안전모 속으로 빗물처럼 쏟아지는 땀의 결실, 저녁이면 온 삭신 저리는 아픔의 결실, 가장이라는 이름으로 견뎌낸 인고의 결실, 달 주변의 구름을 덧칠해 달을 더욱 도드라지게 한 것처럼 웅장한 건축물들을 더욱 빛나게 한다. 그것은 인부들의 숨은 노동이 있기에 가능하다. 여기에 소재가 되는 어느 것 하나라도 제 역할을 못 한다면 아무리 잘 지은 건물이라도 부실 공사가 되고 만다. 독자에게 외면당하는 글처럼.

내 마음을 흔드는 소재는 대단한 것들이 아니다. 엄청나게 화려한 것도 눈부신 명품도 아니다. 마음이 울컥 흔들리는 소재는 가녀리게 작은 풀꽃일 수도 있고, 귓불을 스치는 바람결일 수도 있다. 해 질 녘 풀숲에서 울어대는 풀벌레 소리, 재래시장 좌판에 앉아 졸고 있는 노인, 주말농장에서 듣는 뻐꾸기 소리일 수도 있다. 가뭇없이 흘러간 먼 지난날 엄마가 신었던 검정 고무신일 수도, 구부정하게 지게 지고 가던 백발이 성성한 아버지 뒷모습일 수도 있다. 누군가가 쓴 책 속에서 만난 낯선 단어 하나도 소재가 될 수 있고, 무심히 던진 시인의 어휘 하나에도 마음 흔들릴 수 있다.

비록 소소한 소재이지만 주제를 도드라지게 하기 위해서는 오랫동안 사유하고, 어휘, 단어 하나도 조심스레 골라내야 한다. 특별하게 의도하는 것은 아니지만, 내면에 숨어 있는 진실이 독자에게 전달되도록 마음 쓴다.

변변치 못한 내 경험과 지식이 글쓰기를 위해 넘어야 할 높은 산일 수도 있다. 그저 내가 품을 수 있을 만큼의 주제를 선택하면 그만이라는 생각도 든다.

내 수필은 소소한 흔들림에 민낯을 드러낸다. 부끄러운 줄도 모르고 옷을 훌훌 벗어던져 버린다. 흔들림은 내가 진정 글을 쓰고 싶게 만드는 힘이다. 어쩌면 나의 삶이 수필인지도 모른다. 눈물이 되거나 웃음이 되거나 망신살이 뻗치는 그런 일상이 나를 글 쓰게 만든다.

소설가 '마루야마 겐지' 는 예술가를 '음지 식물' 이라고 했다. 그늘 속에서도 잘 자라는 식물, 참 힘이 되는 표현이다. 내 수필도 음지식물처럼 후미진 곳에서도 기죽지 않았으면 참 좋겠다.

가을빛 가득한 창가에서 푸른 하늘을 보니 울컥 마음이 흔들린다. 진정한 민낯으로 독자를 만나러 가는 중이다. 내 글이 누군가에게는 위로가 되고 마음의 치유가 되고, 살이 되고 피가 되기를 바라며 노트북 키보드를 두드린다.

내 조잡한 글 앞에서 수없이 좌절하고 때로는 포기하면서도, 여전히 같이 놀자고 두 손 내미는 것은 글을 떠난 내 삶의 숫자가 '영' 인 까닭이다.

'구름이 슬픔을 이겨내는 방식은 울 수 있을 때까지 우는 것' 이라고 한다. 수필 한 편 쓰기 위해선 수없이 생각하고 궁리하면서 지웠다 다시 쓰기를 거듭하고, 달래도 보고 포기도 하다가 결국에는 다시 끌어안고 타협하면서…, 내 수필은 그렇게 옷을 벗는다. 분수 같은 열정은 아니더라도, 흔들리는 마음 끝에는 변변한 작품 한 편 쓰기 위한 간절함이 늘 손짓하기 때문이다.

어느 인부가 허리가 휘도록 메워 놓은 비탈면을 보며 안양천을 다시 걷는다. 어느새 파란 새싹들이 서로 다투며 키재기를 한다. 이제 비가 와도, 홍수가 져도 끄떡없겠다.

그 이름 모를 인부는 안양천을 위해 최선을 다했다. 수필 한 편이 탄생하기까지도 이와 다를 바 없다.

'미래는 현재의 연속이고 내일은 오늘의 연장이다.'

미래도 없고 내일도 없는 언제나 오늘만 있을 뿐이라고 법정 스님은 말한다. 아직도 다 자라지 못한 글솜씨지만 서두르지 않는다. 글을 쓰고 있는 동안만큼은 세상에서 가장 행복한 '오늘'이 있는 까닭이다.

- 2021. 수필 미학